少女の記

―戦争を挟んだ家庭文化の記憶―

寺山 てるこ

東京図書出版

はじめに

それぞれの生い立ちがあって人はそのあとの人生に向かい合っていく。私と同時代を生き、その時代から離れて久しい人の中に、この記述に懐かしさと共感を抱いてもらえる人がいるかもしれない。もしその人の幼い日々と違いすぎていても、時代を知る一端と受け取ってもらえないだろうか。

また、世代の違う人達には、一少女が感受した戦前戦中戦後の場面にいささかでも関心を持っていただく機会になれば、との思いもある。

家庭の文化にも特別の感慨を持たず過ごしてきた私だが、心を今も潤してくれるあれこれを記しておきたい。

一九三五年（昭和十年）誕生
二〇一八年（平成三十年）記す

少女の記❖目次

Ⅰ 祖母

やっと立っちしたばかりの一歳の妹と、二歳十一カ月頃の私が長火鉢の傍で遊んでいると、突然妹が泣き声を上げた。

妹の白いセーターの袖口から煙が出ている。幼児二人。驚いた私も大声で泣く。上階の物干し場にいたのだろう、おむつの輪を腕いっぱいに掛けたばあやが走り下りて来た。恐ろしい勢いで濡れているおむつの束を妹の服に叩きつけ叫ぶ……洗濯物を手で絞っていた時代のおむつには充分な水分が残っていた。

ばあやのとっさの対応で妹に着いた火は広がらず助かった。私の眼の中の場面はそこで切れる。

しかし妹の左手首には火傷のあとが成人後も茶色く大きく残っていた。妹にこの日の記憶はなく、どうしてこんな色をしているのだろ、と手首の皮膚を擦って私に訊ねたことがある。

母も現場を知らない。妹がその傷を負った息が詰まる時間を、鮮明に思い起こせるのは私だけだ。

いつも必ず家に居た母があの日不在だったのは、すぐ近くに移り住んだ祖母の看護に行っていたのだろうか。

祖母の命日が一月二十四日と知ったのは成人してからだが、それは私の三歳の誕生日の二週間後にあたる。お葬式などは何も覚えていない。家族は亡くなった祖母を私に会わせただろうか。

ただ、あの日を基点に断片の光景を戻して繋ぐと、二歳頃から一月初めの三歳誕生日過ぎまでの誰も知らない私が映る。

妹の火傷事件の後、あまり日の経たないころだと思う。

毛糸のズボンをお漏らしで汚した私に、外から大急ぎで帰ってきた母が手近にあったスカートを穿かせた。それは姉のウールの襞スカートで、幼心にも丈の合わない不格好さを嫌がってむずかる私を、母は強引に祖母の家に連れて行った。

床についていた祖母は頭をもたげて「ああ、てるこ、来たか」と声を上げ、母に茶箪笥の袋戸棚から何かを出すように言った。上部が捻られた形の白い素焼きを母が取り出すと、その中の紙を一枚「てるこに」と言う。

何か知らないが大切なもの、私に渡したいもの、ということは祖母と母とが交わす言葉で理解した。しかし祖母が重い病気だということも、それから間もなく会えなくなってしまうことも、分かる年齢ではなかった。

耳に残っているのは祖母の二言だけ、目に焼き付いているのはその短い時間の映像だ。

母はその場面を何も覚えていない。

病床から私に送った祖母の短い言葉とやわらかく威厳のある雰囲気は消しようもなく私のなかにとどまっている。祖母の名はテル。

祖母と私がどんなことを話したか、二歳余りの幼児は「おばあちゃん」と声に出して甘えることができたのか。私自身の言葉は私の中に何も残っていない。音が残っていないのは私がまだしっかり話せていなかったから？　聴覚に残る祖母の言葉は永別の日に聞いた短い二言だけだ。

記憶に棲みついている祖母とのなつかしい日々がある。

片側に木の茂る細く薄暗い道を聖天さんの参道まで祖母に手を引かれて歩いた音のない情景。二人だけで出かけることを家族は許していたのか。

祖母のグレーの薄いショールを見ていた……私はいつも白い服。石段を上るときのエッチラオッチラの感覚は覚えている。そこは記憶の中のテンポが遅くなるのだ。

何度か聖天さんの境内へ行ったのは、祖母がまだ長い石段や坂道をのぼる元気があったころなのだろう。そして私はもっと幼い。

鳩の餌は長い三角の袋に入っている米菓子だった。赤や青、色混じりにふくらんでいるお米を境内に群れる鳩に撒いて遊ぶ。

祖母の膝に何度か駆け戻り祖母は私の小さな手を掴まえて話しかける。幼い表情で応える孫……きっとそんな時間だったのだ。

「まんまんちゃん　アン」というやさしい言葉がある。社寺、お仏壇の前で小さな手を合わせるとき幼子はこう唱えた。おばあちゃんといっしょに聖天さんにお詣りしていた日もやっぱり、回らぬ舌でそう唱えていただろうか。

袖の長いシャツの上に上着を着るとき、シャツの袖口を四本の小さな指で抑えて握りこぶしを作り上着の袖に通す。シャツはまくれ上がらずに上着の袖口から折りたたんだ指が覗くと、祖母の手が私の握りこぶしを迎えて引っ張る。目の前の祖母の顔。

いまでも私は祖母に教わった方法で、シャツに重ねる上着を着る。

父は「脚が曲がるから」とねえやが負んぶすることも許さなかったし、抱くときは息が掛からないよう子供の向きを考えて、と注意した。

しかし祖母は夜泣きする私を負ぶったまま朝まで応接間の椅子でうとうととして、私が泣き声をあげる度に立ち上がって背中を揺する——など、と年上の人たちは偏愛ぶりを面白可笑しく話し、家内写真でも行楽の地でも私は必ず祖母に抱かれて写っている。

家族が知っている祖母と私を、私は知らない。

私が知っている二人の時間を家族は知らない。

たった三年間の縁で、私の人生の出発点から寄り添い魂に注がれた祖母の体温は、傘寿を過ぎた私の中に今なお保たれ、活きている。

大切な人が目の前からいつか姿を消し、私も消えるが、そのあとに、あの人たちにもう一度会えるという確信は、温かい記憶、心を揺する想い出なしには生まれない。

私はよく泣いた。祖母の不在、その空白、埋められない何か、欠けているものへのやるせなさ哀しさに泣いていたのか。祖母を求めていることさえ意識できない苛立ちがしゃくり上げる声に変わっていたのか。

「何が悲しいのかはっきり言いなさい」と叱る母。「何故」を探す方法を知らず、それを知りえない母への不満で泣くのか。

家族は私に疲れて無関心になり、私は途切れない涙に陶酔と慰めを得て、やがてやすらぐ。

祖母を失ってから、私は自然に一人遊びを始めたようだ。孤独という言葉も知らないまま、それが「孤独」なら何と穏やかでうっとりする時間だったろう。

長持ちより大きな木箱の中に隠れるように座り込んで、貿易商の父が扱う服飾雑貨のサンプルをもてあそぶ。

大判のレースが綴じられた分厚いサンプル帖は、色彩と透ける模様、手触りを一枚ずつ確かめた。折りたたまれた白い厚紙にシルクの小片が整然とならぶ色見本地は、クレヨンにはない柔らかい光を含んだ色を見せてくれる。

首飾りやブレスレットのトンボ玉やビーズは、万華鏡から滑り落ちてきたように、掌の中でかすかな音をたてたり軋んだりした。

デスクの上の英文タイプライターには長い脚の文字盤が並んでいた。父が左右の人差し指二本で叩くと高い音が響く。上部に挟んだ紙に見慣れない文字の列が現れる様子は、生きているおもちゃのようで誘惑された。私はときどきそっとキーを凹ませてみたが、快活な音は鳴らなかった。

蓄音機は不思議な大きい箱だった。

蓋を開けレコードを置いて、盤を傷つけないように針を適切に落とすのは慣れた大人に限られるが、盤を代える度に人を呼ぶのが面倒な私は、椅子に上がって自分で操作する。

音楽が変な箇所から始まっても構わない。

箱の中にはきっと小人がいる。蓄音機の前面に張られている布地に目と耳を押し付けて、中で奏でている人を想像する。箱の後ろにまわり、小人の出入り口も調べてみる。

毎晩寝る時も楽しみがあった。

「おやすみなさい」を言って布団に入り、うつむいて顔をしっかり枕に押し付ける。すると瞼の裏の闇いっぱいに色とりどり無数のビーズが眩くゆっくりと巡り始めるのだ。大きくなってビーズは消えたが、私の夢から天然色は抜けないままだ。

本は姉兄のものから父の蔵書まで。ルビ打ちされている難しい字は、意味が解らないまま、発音はできる。文意をつかめなくても飛ばして、戻って、また眺める。

入学する前に読んだ『カミサマノオハナシ』は、ぎこちない挿絵があるカタカナ書きの三冊だった。日本の神話を子供向けに書いたもので、私には馴染みのアマテラスオオミカミも出てくる。賢いカミサマ、叱られるカミサマ、狡いカミサマ。後年、『古事記』『日本書紀』の抜粋に親しみを抱いたのは、変わった挿絵のこの本の印象による。

座敷いっぱいに小さな家具調度を広げる人形遊びは、好みの生活空間を立体的に創ることができた。外出の帰路は百貨店に寄って、新しい調度品を選ばせてもらう。

幼稚園に通う齢になり、毎朝私は泣き癖と人見知りで必ず泣いた。階段室の戸を閉めて、右手の人差し指を吸い込みながらじっとしゃがんでいるが、時間には間違いなく引っ張りだされ靴を履かされ引きずって行かれた。

人手が足りないときは、三歳上の兄がその役をさせられた。兄も辛い役目に半泣きで、泣き続ける私の手を引っ張って行き、門で待ち構える小使いのおじいさんに受け取ってもらうと、泣き顔のまま小学校へ走っていく。毎朝が家族を巻き込む騒動だった。

キリっと細身のソネ園長先生、受け持ちはふっくらと朗らかなコバタケ先生、小柄でやさしい小使いのおじいさん、ママがピアニストのチイちゃん。ストーブの上に可愛い絵柄のアルミのお弁当箱が積まれて、おいしそうな匂いが教室に立ち込める時間。松林の園庭。ピンクと白のクローバーが咲く芝生で食べるお弁当。四つ葉探し。それ以外は全部イヤ。

椅子にしがみついて誰とも遊ばない私をコバタケ先生は「コルテちゃん、あそびましょ」と引っ張る。「コルテちゃん」とふざけて呼ばれるのもいやだ。

気にかけて家まで訪ねて来てくださると「コルテちゃんはいらっしゃいますか」と声をあげられる。

母は恐縮しながら私を玄関の間に引きずっていく。先生はニコニコと私の手をもてあそびながら、母に幼稚園での様子を話される。

園でご面倒をおかけする不甲斐ない娘を、母は「家でも物言わずで、何を考えているのか、ひとりで遊んでいる子なので」と、親しめない扱い難さを嘆く。

先生が帰られるときは淋しくなって門まで出てお見送りすると、振り返り振り返り手を振ってこたえてくださる。

多人数で遊ぶのは嫌いだったが、お遊戯もお絵描きも大好き。母が残してくれたその頃の絵は、画用紙がクレヨンの劣化でこわばっているが今でも数枚手元にある。

歌う時間は元気だった。「エスさま、エスさま」は今も口をついて出る讃美歌で、歌うと薄絹に包まれるような心地になる。

わたくしたちは　ちいさなこども
おめめをとじて　いのります
エスさま　エスさま　わたくしたちを
あなたのよい子に　してください　　アーメン

II　母

母はひっそりと座ってレース針を動かしていた。晩年まで決して眼鏡を掛けなかった。面倒なのか、必要なかったのか。熟練すると製図も視ず指の感覚だけで思うように作れていたようだ。

女の人は慣れた手仕事をするとき、心のなかで別のことを考えているという。手首をくるくると捻るように動かしながら、針の先から繊細なレース模様を編み出していくとき、そこに……揺らぐ心も編みこんでいく。清楚で華麗なセンター敷や色とりどりの小袋、部屋履きなど、母はどんなことを反芻しながら制作したのだろう。

白いレース糸の部屋履きは可憐で、それを着けた自分の足を眺めるときはレースの靴を履いた王女さまの気分になるが、すぐに脱げてしまって面倒だ。私はむしろセーターやカーディガンなどを編んで欲しいのだが、実用的な作品はなかった。

可愛くて、しかし何でこんなものをと思ったのが、「肘枕」だ。

色柄の違う五枚の布切れが五角形の花びらの形に仕立てられて綿が入っている。花の中心は凹んでいてそこに肘を納めるらしい。肘が荒れないように、と母は言う。本を読むとき左手で頬杖をつく私の行儀の悪い癖を助長する奇妙な心遣いの作品だった。

有難いけれど、左肘をきっちりその上に固定しておくのはなかなか厄介で、上体のぶれにつれて絹の肘枕はあちこちに滑って動き、私の肘はそれを追いかける。おかげで読むことに集中できず、結局、机の上の愛らしい飾りものになった。


私の母が編んだレースの小袋を薬入れとして数十年も持ち、母を懐かしんでくれる友人に比べて、丹精の作品を私は何枚も引き出しに仕舞ったままにしている。当たり前になった存在は有難味が鈍るのだろう。


――几帳面で手先の器用な母は、八十歳のとき私の娘のために三十センチほどの美しい立雛さまを木目込みで作ってくれた。

材料は神戸元町の人形材料店へ一緒に行き、私の好みの布地を慎重に選んだが、男雛の襟元の朱と浅葱の取り合わせは端切れの中から何気なく母が着付けた。私には思いつかない、着物で通した人の色選びだ。

年ごとに節句の段飾りが面倒になり、代わりに母の立雛を飾るがその存在感に、春のひとときが無為に過ぎてしまう。

◆母の語彙

大半は京都弁だと思う。

「美しい」は日常的には言いにくい言葉だが、母は「美しい」と「きれい」をその場で使い分けていた。美しい、は表面だけではない奥深いものを感じているのだろう。

「はんなり」にも浅い深いがあるようで、「はんなりしたお人やなあ」は容姿心情まで一言で讃える。

「えずくるしい」は感覚的には分かるが一般には聞かないから、語源は知らない。吐き気を「えずく」というがそれと関係があるだろうか。「むさくるしい」という見た目だけの感覚ではない。

「やたけた」は幼い弟に、時には父にも使われた。理屈の通らない子供っぽい我儘。そして父には「わりないことを」と顔をそむけることがあった。

母は何か考え込むとき、顎先に右手を当てて、「こーつとー」と口ごもる。私は「甲か乙か」を合体させたのでは、と推測していた。「えーっと」よりも勿体ぶって聞こえる「選択の間投詞」では、と。

まあ「どうぞこうぞ」やりくりがついて……なんとか。

あれは「へんねし」、気にしなさんな……「妬み」「嫉妬」より粘りつく音感。

この着物と帯は／あのお二人は、「つろくする」。

そんな「やすけない」物はすぐ厭きますえ。

人さまに「しょうびんな」ものを差し上げない。小／少と貧、だろうか。

「せんど」言うたのに……「千度」のアクセントが違う。

「よさり」お人を訪ねるなんて……。古語、夜さり、の音はやさしい。

まあ、「あられもない」恰好で……。

「ざんない」食べ方は、恥ずかしいえ。

布端が傷んで繊維がほどけていると、「ももけてる」。

あんな「ジュンサイな」話、誰が本気で聞くもんですか。掴みどころがないジュンサイ、お吸い物は大好きだけど。

「ねそがことする」。目立たず大人しそうに見えて陰でいやらしいことをする男性へ。

「こって牛」は、見た目も感性も、どってりとして、繊細さを欠く女性に。「こって」ってなに？

「とつおいつしてみても」「時分どきには」、も時代を感じる懐かしい母の口調だ。

幼児がしくじったりいたずらをすると、「アッポちゃん」と、頬をゆるめて睨んでみせた。

父の言葉に解り難さを感じたことはない。

母の言い回しは、しばらく頭の中で迷走して感覚的に捉まえるまでひと手間かかった。そう考えると、標準語は平たくて方言には凹凸の容積がある。

母はお手洗いを「はばかり」と称していたが、子供たちはお便所と言っていた。よくわからないのは、使用人たちに気軽にかける「はばかりさん」という言葉で、どうしてお便所に「さん」をつけるのだろう、目下の人にしか使わないし、と気懸りだった。ごくろうさん、ありがとう、の意味と心得たのは後年である。語彙の乏しい子供には、変な組み合わせでしかなかった。

家庭内だけで聞く言葉があった。部屋の中でその音が聞こえると、母は「おつつみ」と言って苦笑し、或る時はそちらへ、「おつつみやす」と言い添えるのを聞いた。

私はなんとなく「鼓」のような音を表現しているのだと解釈していたが、それを聞いたとき「慎みなさい」或いは「包んで外にあらわさない」という意味なのか、とぼんやり考えた。

結局母に語源を訊かないままになった。

――人前で使わなかった生理現象を指す俗語が、現今、テレビの会話中あからさまに言い交わされる。遠回しの表現が嗤《わら》われ、日本語は痩せていく。

逆に、母が私たち娘にお風呂で悪びれずに使っていた単語があった。私は自分の娘には「前」としか言わなかったが、どんな字だったのだろう。知り得ない字と語源にまだこだわっている。

いずれにしても母に、誰から伝わった言葉か、何故それを使うのかを訊ねたことがなかったのは、母との間にあまり会話がなかった、或いは聞くには及ばない、どうでもいい、と面倒だったのか。

置き去りにした母との時間を、今になって悔やむのではなく、そう在るしかなかった私をもう少し解りたいと思う。

◆格言と諺

母からしか聞かなかった言葉を私は「翻訳」し理解していたが、事あるごとに母が古臭い格言や諺で説得したがるのを鬱陶しく思っていた。

既製の短い文言から、おもむろに諭しが入る。私は固定された表現ではなく、母の心の機微がわかる生きた言葉を聞きたい。

しかし不思議なことに、人生を経て頭に浮かぶのは、母の説教より端的な格言の文言である。このようにして諺、格言は生き残り、人の指針になっているのだろう。

「口多きに真少《まこと》なし」

中身が詰まった瓶は振っても静か。うるさい音をたてる瓶は中身が少ない。

「船板一枚下は地獄」

浮沈のある人生への警告。父との生活の実感か。

「武士は食わねど高楊枝」

母の神髄。痩せ我慢ではなく、矜持だろう。

「人の人生は重き荷を負うて遠き道を行くが如し」

(家康さんでも苦労しやはったんやから)――私らごときの苦労は当たり前。

「爲《な》せば成る。爲《な》さねば成らぬ何事も、成らぬは人の爲《な》さぬなりけり」

――ハイハイ、分かっておりまする。

「能ある鷹は爪隠す」

高い枝に凛然とし、猛然と行動する。繊細な注意力、大胆な行動力は憧れ。

「下手の上手知らず」「敵を知らず、己を知らず」「鳥なき里のこうもり」のような人達と付き合うときの心構えは？

あるとき母の「情けは人のためならず」を、私が「情けを掛けるとその人が努力しないからよくない」と解釈すると、母は心底呆れかえって「あんたみたいに本を読んでる子がようそんなことを」と、絶句した。

「人のためによいことをすれば、回りまわって自分の得にもなる」という母の言葉に「人への情け、と言いながら自分が得することを考えるなんていやしい」と、私は精一杯反論した。「得」ではなく、「功徳」と聞いていたら素直に理解したかもしれない、疎開前のやりとりだ。

数多《あまた》ある日本の格言の大半を知っているのでは、と疑うほど、母は口を開くと駆使した。明治後期大正初期の小学校、女学校はお修身や国語の時間に格言や諺の暗記ばかりしていたのだろうか。華族のおひい様達がお抱えの人力車で通学する学校だった。

そのお嬢サマ達が奈良へ遠足に行ったとき、公園に「羽根突き」の羽根の黒い玉が一面に散らばっていた。

みんな興奮して我れ先に黒く光る玉を掻き集め、着物の袂にしまい込んだ。

集合時間に先生から「それは鹿の糞です」と叱られて、袂をひっくり返す騒ぎになったとか。

母がその想い出を話すときは生き生きとして、袂を返す仕草も無邪気な少女になる。私の目の前にあでやかな着物、袴の乙女たちのさざめきが再現され、母の幸せに共感するひとときだった。

意見の違いが多い両親だったから、なぜ結婚したのかと母に訊ねたとき、「『世界旅行に連れて行く』って約束したからいっしょになったのに、嘘ばっかり」と洩らしたことがある。そりゃ、何人も子供を産んだら無理でしょ、と私は滑稽にも気の毒にも思いながら、明治生まれの地味な母にそんな大胆な野望があったのか、と驚きもした……しかし思えば、無謀にも女学生の身で「駆け落ち結婚」した人でもある。

母は若いころ琵琶と三味線を習っていたとかで、胴の部分が箱に入って棹はむき出しの三味線が座敷の隅にあった。子供たちはその棹と弦の糸巻きを水道蛇口に見立て、脇息を馬にして遊んだが、母はお稽古した長唄の三味線がおもちゃになることに未練がなかった。しかし平家琵琶には、男の中の男・弁慶への憧れに繋がる思いがあるのだろう。ときどき「祇園精舎の鐘の声……ついには滅びぬ」を口ずさんだ。『平家物語』への愛着と、諦観、物思いする性格なのか。

几帳面で、誰が見てもすぐ物の在処が分かるようにと、引き出しの中の仕分けも崩さない。

また、目をつむって家の中の壁を伝い歩きしていることに「どうしたの」と驚くと、「いつか目ぇが見えんようになっても面倒かけんように練習してますぅ」と答えた。

或る夜、お手洗いに起きた母が廊下の小窓から庭に人影を見た。ためらわず、母は「誰じゃ！」と大声を上げ、その影は塀を乗り越えて逃げたという。父ならまず人を呼ぶだろう。小柄で静かな母に、気骨やキモの据わった人、との印象を持つことがあった。

母は、特別反抗的な行動もせず甘えもしない私を「この子は物言わずで」「何を考えているのか」「あまのジャクで片意地で」と嘆く半面、手の掛からない好きなようにさせておいて大丈夫な存在と安心していたようだ。

母が叔母に「物言わず」を愚痴ったとき、「この子は黙っているだけで何でも分かってるから怖いえ。お姉さんも気ぃつけはらんと」。

傍にいた私は叔母のこの感覚に納得と親しみを抱き、母に不足を感じたのが六歳くらいのときだ。

私は喋らない子だったが、好きと嫌い、可否、必要だと思うときの意思表示は周りに配慮せず、その度はっきり口に出した。これが「あまのジャク」の判定になっている。母はまた「ほんにキズイな」とも嘆いた。

母と違って、父はおだやかに私をみていて決して否定的な対応をしなかった。言いなりに従うのではなく、自分の意思を表現する幼い個性として興味をもっていたようだ。

母は私に協調を教える……が、「駆け落ち」結婚で長らく勘当されていた。

祖母の愛情が私に傾き、祖母と母は絶縁十数年後に和解したが、父の両親は、父から長女の結婚式への参列を乞われるまで二十数年間音信を絶った。

母と遊んだ場面がない。いえ、ひとつある。

長火鉢の炭に被った灰を掻き落とし、炭取りからゆっくり継ぎ足す母を待ちかねる。掘り炬燵のときは、布団を跳ね上げて足置きの下の火を確かめる母の動きを、もぞもぞと体を揺らして待つ。

母にしてもらいたいことがあるのだ。四隅に座ってそれぞれが握った拳を上に向けて待っているのは「ずいずいずっころばし」。母が唄いながら細い小さな人差し指で、拳が作る穴をつついていく。「茶壷にはまってとっぴんしゃん、ぬけたーらどんどこしょ、俵のネズミが米喰ってチュー、チューチューチュー、おっとさんが呼んでもおっかさんが呼んでも行きっこなあーしよ」。唄の終わりに母の指が自分の拳の中に入ると、もうれしくてうれしくて。

母が古い囃子唄を歌いながら手作りのおじゃみを、そして、ほうき、ゴム、川、のあやとりを見せてくれるひとときには、幼い頃の母がおっとりと一人遊びする様子を目の前に見ている気がした。

むずかる弟をあやすときに母が唄っていた、「ちょち、ちょち、あわわ、かいぐりかいぐり、とっとの目」は、可愛らしいが意味が全く分からないままだ。

分からないまま母の一面を思い出すことがある。

お月様の明るい夜だった。私と妹の手を引いて、「行ってこのさっさ、行ってこのさっさ」と唄いながら、「弁慶の飛び六方」のような足取りで夜道を遠くまで行ったことだ。

私は戸惑いながら自分の影法師を追っていた。

弁慶は母が大好きな役柄で木目込み人形まで作っている。しかし所用もないのに、昼間でさえ出歩かない人が、夜分幼い娘二人と通りに出て着物の裾も気にせず跳ねるように歩くのは、何だったのか。

いま、あの夜の不思議な母の精神状態を考える。

まだもっと驚かされたできごとがあった。

母は八十八歳で亡くなったが、その通夜に見知らぬ老齢の男性客が見えて、言葉もなく泣き崩れられたことだ。その方とどのようにして喪主の弟は連絡をとったのか、なに一つ聞いていないが私には思い当たることがある。

私が幼い子供二人を育てていたころで、時代感覚の違いからもお互い深く語り合う仲ではなかったし、いつも気忙しい訪問だった。

母は、幼児を連れた私を見て思い出すことがあったのか、父の女性関係と仕打ちを洩らして、昔母を慕っていた年下の男性の話になった。

「一緒に逃げてください」と、その人は母に迫り身勝手な父との暮らしより「きっと幸せにする」と、説いたという。

「私も迷うたえ」と母は淋しそうな目を上げて私を見つめた。

思いもよらない昔話にどぎまぎした私は、それ以上知りたい気持ちになれず母の話を遮ってしまった。私だけに語りたかったことだというのに、私は自分が全く知らない母を知るのがいやで、話題をそらし撥ねつけてしまったのだ。

通夜の席の品の良い高齢の男性は、慎ましく私たち遺族にご挨拶をされたが、私達より激しい哀しみを全身で示しておられた。

母が私に洩らしたのはこの方のことではなかったか、と私は動揺と確信で凝視した。眠るまま逝った母の静かな通夜で、この方の慟哭を他の参列者たちはどう思っただろう。母が私に洩らした日から亡くなるまでに十数年経っている。母はいつこの方と連絡が取れていたのだろう。父が亡くなってからか。母が自分で連絡をとる才覚はない。

転居を繰り返した母の長い年月をその人はどのように見守り、どのような人生を過ごしてこられたのか。

数十年も胸の奥底にたたんでこられた若い日の痛みを、逝ってしまった魂に届けようと、声が届かなくなったこの通夜の席に正座されている。

母は、寝付いてからの三カ月間入院を拒否し、痛み止めの注射だけで食事も避けるように過ごした。自然死への覚悟ではなかったか。静かな矜持と諦観で生きた母を、私は思い返す。

西行の「願わくば花の下にて春死なん　その如月の望月のころ」を、母は、「西行さんは願い通り旧暦二月十五日（新暦三月十五日頃）に亡くなりはった。私もその頃がええ」と言っていた。三月初旬に母は逝き、希望の日に近かったのではないだろうか。

私は、三十歳半ばごろからの母しか知らないが「はんなりした」人という印象を持ったことがない。「カラスの濡れ羽色」と自称する髪を高く結いあげた十八歳、結婚後の写真は初々しく愛らしいが、私が見ていた母は、お化粧も着飾ることも社交からも距離をおく地味そのものの人だった。

まだ私が十代の初めのころ母から聞いた言葉のなかに「柳原白蓮」の名があった。彼女の情熱と行動力を物語った母の口調に憧れがこもっていたのは、遠い日を思う欠片《かけら》があったせいか。

外見と奥深い内心の落差に気付くとき「謎」のように感じる存在がある。

母がその人だ。

知ることで落胆させられ距離を置く人と、より深くその謎に近づき心を通わせたい人がある。

数十年の縁を持ちながら外面だけしか知らず、心と深く交わる術を大切にしなかった親子は過ぎた日とどのように向き合うのだろうか。

心はいつも今のこと次の新しいことに捕らわれていた。いつか気になることに思い至らない、遠い先を思うことのない日常だった。

年齢を経なければ、経験しなければ、思いはそこに及ばない。

母の通夜からまた三十年近く経ち、私が母のその年齢に近づいている。

私には、積み重なった確かな記憶があるが、守秘が美しければ眠らせておこう。

人のことを快く思わないとき、母が諭すようにそしてまた自分自身に問うているような言葉があった。

「在るときはありのすさびに憎かりき、亡くてぞ人の恋しかりける」

Ⅲ　疎開まで

私と一番上の姉は十三歳離れている。

昭和十七年の夏、姉が心を寄せる人が戦地で左腕を失い月島の陸軍病院に入っていた。一家でお見舞いすることが主な目的だったのだろう。病室まで行った記憶はないが、跳ね上がる勝鬨橋と、滞在した旅館の新しい廊下の漆喰が匂っていたのを覚えている。

この旅は八月、敵国米英との太平洋戦争のさなか日本軍の戦果が華々しく報じられていたころで、私は七歳七カ月だった。

駅舎では頑丈そうな赤帽たちが肩と両手に沢山の荷物を引き受けて、子供達には細やかな心配りで付き添ってくれる。

あのように人がみんなやさしく丁寧だった時代、初めての出会いなのに、頼れる人、と信じた時代はもう遠くなってしまった。

超特急「燕」の一等寝台車は私達家族だけが占めていた。最後部の展望デッキで車掌さんと一緒に、風とスピードを喜んでいた私達子供は、長い長い丹那トンネルに入ると、吹きつける煤の渦に巻かれ息もできず目も開けていられない。展望車に逃げ込む。大きな窓の前に並ぶ回転いすで遊んだり、車掌さんに相手をしてもらって、からかわれたり走りまわったり他に乗客がいない八時間をお行儀悪く過ごす。

駅に停車すると、ホームの前方で聞こえる賑やかなお弁当売りは法被を着て帽子をかぶり、胸に抱えた大きな箱から大急ぎで包みを渡してお金を受け取る。あっちへ走りこっちへ駆け戻り呼び声とお礼の大声は、なんと元気で楽しそうなことだろう。静かな一等食堂車での洋食は、コースのオートミールがうれしくない。

乗り物に等級があることを知らない私は、他の車両は人がいっぱいなのに、どうして私たちは家族だけでさびしい所に乗っているのか、と取り残された思いがする。停車すると急いでホームに降りて他の客車の様子を窓越しに見に行くのだが、白い蒸気の迫力、立ち上る黒い煙の柱がすぐにでも動き出しそうで、たちまち自分の車両に走って戻る。

寝台車の個室を六歳年上の次姉と二人で使う。昼間はソファ、夜はベッドに整えられ、夜中に姉がそのベッドから落ちた。

東京を離れて一家は熱海の大野屋旅館で逗留し、目の前の海岸で朝も昼も泳いだ。その頃熱海の海は濁っていたように思う。旅館の巨きなローマ風呂や七種類の家族風呂は舟、蛤、扇などに形作られ、壁面の絵もすべて美しい色タイルで装飾されていた。

大野屋から車で十国峠を越えて日光の金谷ホテルに移る。

三歳の弟が道中運転手の話す「首切りの井戸」の言い伝えを聞きかじって怖がり、車から離れない。石碑の前での記念写真には、父が泣き暴れる弟を必死に抱きかかえて写っている。

ドライブ中は景色を見るより車内に声を響かせて歌いたい。今も我が家伝承の『つりがねぐさの歌』を口ずさむと一気に家族の思い出に入り込む。歌詞も楽譜も目にしたことがなく、どこで生まれて家族の愛唱歌になり何処で消えてしまった歌なのだろう。

星の小人とうすむらさきに揺れる釣鐘型の花、やさしい叙情の曲想。

つりがね草のあの鐘は
誰がつくのか小《ち》さな鐘
うすむらさきの小さな鐘

つりがね草のあの鐘は
星の小人がそっときて
露をこぼして鳴らす鐘

ドライブから帰るとホテルの前で止められる。宮様（お名前は覚えていない）がお入りになるのでしばらくお待ちを、とのこと。他にも何台かホテルに入る車が待たされていた。

金谷ホテルは食堂の用意ができると、スタッフが胸からさげた小さなオルゴールでメロディを奏でながら廊下を回る。

私達の大きなテーブルの隣には、私や妹と変わらない年頃の姉妹と、凛と美しい着物姿のお母様が円いテーブルについておられた。姉妹は前髪を後ろに上げて小さな色違いのリボンで結び、背筋を伸ばしてナイフとフォークを使う。お喋りもされず気品が支配するご家族はどんな身分の方だったのだろう。宿泊中お父様の姿は一度も見掛けなかった。
私は自分の母がひとりで子供たちを連れて旅行することなど想像もつかなかったから、その方達のテーブルに注意を向けずにはいられなかった。

ホテルの裏庭には大きな檻があって大きな黒い熊が一頭、その中を行ったり来たりしている。動物園で見る熊より大きい。どうして熊なんか飼うのだろう。
熊から視線を外すと、庭の斜面にはチューリップが咲き乱れ、赤とんぼが飛び交い、春と夏と秋が漂う空間だった。

その庭で、金髪に短いお洋服がまるで人形のような三、四歳くらいの女の子と二人で遊んだ。きっとママは近くにおられたはずだが覚えていない。言葉も要らなかったのだろう。人見知りの私だが、強い関心を覚えるときにはそれが消える。
父から、同盟国のドイツ人は戦争中でも避暑に訪れる自由がある、と聞いた。

ホテルの部屋も六歳上の姉と私。

陶製のバスタブは大きくて両端が長くカーブしている。私は足を入れた途端に後頭部を打ちながらお湯の底まで滑り落ちる。

バスタブで繰り返し溺れかける六つ年下の妹を姉が食堂で笑い者にするので、妹の私はテーブルを囲む家族に「『燕』でもホテルでも夜中にベッドから落ちた姉」を控え目にお知らせスル。大変寝相の悪い人なのでゴザイマス。

華厳の滝の滝壺へはエレベーターで下りる。子供には印象の薄い名所に比べて、冷たい風、飛ばされてくる飛沫、落水の響音は爽快だった。

◆季節の行楽

ひと目千本と言われた吉野の桜は姉の友人も一緒だった。父は私たちが親しい友人を伴うことを喜んだし、私たち子供も家族以外のちょっとよそゆきの緊張する相手、かまってくれる優しい人と過ごすのは好きだ。宿は「竹林院」だった。写真は誰の手元に残っているのだろう。

宇治での夜桜は宿までの川原が寒かったことと、母の前を歩いていた弟に妊娠中の母がつまずいて転びそうになり、私は、叱られる幼い弟より不注意な母のほうが問題だと思ったこと。

海へはよく行った。二色浜、高師浜。私の幼いときから世話をしてくれているおかねさんは浜辺でも大抵一緒に写っている。水着姿でデッキチェアに坐る母の写真は面映ゆい。香櫨園浜で水遊びのあとは夙川の松が立ち並ぶ道を車で「はり半」へ。

琵琶湖ホテルからは水上飛行機を見た。

夏、清滝に泊まると宿の前を流れる清流で裸の子供たちが箱のようなものに顔を埋めて水底を窺《うかが》う様子がよく見える。アユを獲っているという。見ているだけで水に入っているような涼しい気分になる。

傍の小さな橋を渡ると宿の湯殿があった。家族みんなで入ったように思う。姉が心を寄せる出征前の人もいっしょだった。父の事務所の、気風も容姿も声も爽やかなおにいさんだった。

その後、徴兵され、片腕を失くした負傷兵として帰還し、私達と義兄の関係になった人だ。
まだ幼児だった妹は可愛がってもらったが――成人後――「お前のおむつを替えてやったんだぞ」とからかわれて、〝妙齢〟の女性心理を心得ない義兄は、血を見んばかりのケンカ腰で迫られた。

枚方の菊人形の庭園でシナ茶を飲む席があった。茶葉（タネのようなもの）の入ったお湯呑みの蓋を少しずらしてその隙間からお茶をすするのは面白くて、大層おいしいものに思えた。それ以来同じ経験をしていないが。

◆家庭行事と決まり事

疎開の一年と戦後数年以降を除いて、春夏秋冬恒例行事は毎年きっちりと行われた。

〈ひな祭り〉
お雛様も端午も我が家では旧の節句で祝った。桃の花も、菖蒲もその頃にやっと咲くのだから、という母の意向で。

雛壇を設える日は男衆《おとこし》二人が木組みをした。緋毛氈がそれぞれの段に落ち着くと、手の届く所へ薄紙を解いたお道具類や人形を載せていく。お内裏さまや官女、大臣、五人囃子、お供の段は母や姉がお飾りした。長持ちから一体ずつ取り出す時の樟脳の匂いにときめく。私は小さい精巧な細工のお道具調度類を下の段に並べながら、絢爛豪華な宮中のご婚礼を見ていた。

四月三日を中心に姉妹がそれぞれの日に友達を招き、雛壇の前で、五客セットの小さな高脚膳に小さな器が並ぶ雛料理を頂く。煮炊きする陶器のお釜も炭火を入れるかまどもお膳に見合った小さなもので、完成版のおままごとだ。

ある年、私が招いた友達が食後のお膳と食器を運ぼうとした。子供は片づけをしないように、と言われていたので私は止めたが、お行儀よく、と心がけた友達の一人が運んで、階段で手を滑らせ落としてしまった。

そのあと次姉が友達を招んだ日は雛膳が揃わず、ひな祭りの度に、姉の怒りと四客分になってしまった苦い思いが付きまとう。

〈端午の節句〉

鯉のぼりの季節になると、私たちは揚げる前に座敷いっぱいに広げられた鯉のぼりの口からお腹に入り込んでのた打ち回る。トンネルのような真鯉緋鯉の空洞を腹這って進むと埃と陽の匂いがして毎年、端午の節句はまずその匂いから始まった。

節句のお飾りは豪華な鎧兜より三方を囲んで立ち並ぶ彩り美しい矢に心惹かれた。

夜の菖蒲湯は、菖蒲の束にまたがったり束をほどいて体に巻きつけたり、ちょっと生臭いような青臭いような湯気の中で騒いでのぼせて、順番に引きずり出される。

六月になると障子、襖がすべて簾戸、葦の衝立に替えられ、絨毯は籐の敷物になる。盛夏、扇風機だけが頼りの時代、子供たちはひんやり冷たい籐の上でごろごろ転がり、大人がつまずくと罠にかけたように喜ぶ。

夕立が激しい音を響かせて近づき、縁側に涼しい風を残して通り過ぎると、今度はそこに寝そべるのだった。

〈お誕生日〉

家族の誕生日はとても大事な行事だった。

焼鯛とお赤飯、季節の料理を前に父母を始め手伝いの人々からもお祝いの言葉をもらう。

同じ月の近い日に誕生日がある人達は遅いほうに合わせて祝い、我が家ではお祝い事は繰り上げない、と決まっていた。


〈お月見〉

縁側に、三方に載せたお団子と里芋の衣かつぎ、薄と桔梗が供えられ、お月さまが昇ると手を合わせるが、あァ、お月様のなかに兎がいる……でも――かぐや姫はいない……。

屋上に八畳程のバルコニーが造られてからはそこにイグサの上敷きを拡げ、お供えを囲んで座った。野点《のだて》のお道具を拡げて月明かりでお抹茶を頂く。歌をうたったり、しりとりをしたり大人の愉しみと子供の遊びが一緒になる夜だった。四方を見渡せるバルコニーでは、冴えわたる満月を長い時間浴びることができた。

コリントゲームも、大人と幼児が一緒に楽しめる遊具だった。

上辺が丸くカーブした大きな黒っぽい木の盤を少し傾けて床に置く。盤上には細い針が円や方形を作って立ち並んでいる。盤の端の溝から小さな棒で銀色の玉を突いて転がすと、ころんころんころんと音をたてて針の間を通りどこかで引っかかって停まる。望むところに玉が転がらないと、盤の傾斜を強め点数が取れるところへ誘導したくなる。一人だとおとなしく静かに遊べるゲームだが、大人も混じって人数が増えると点数を争ってそれぞれの声が高くなる。

〈寒行〉

十二月、冷え込むころになると団扇太鼓を叩いて寒行のお坊さんたちが通りにやって来られる。門に出て、「あげましょう」とお声をかけて懐紙に包んだお金を差し上げると、お礼を述べてしばらくお経をあげてくださる。

遠くの方から太鼓とお経の声が聞こえてくると、子供たちは「あげましょう」が言いたくて、私が、私が、と、言い立てる。

みんなで一緒に、じゃなくて、一人だけで風が鳴る暗がりの中に立ち、「あげましょう!」と、声を届かせたい。

〈クリスマス〉

サンタクロースが来るクリスマスは眠るのが勿体なくて、しっかり目を開けていたいのにいつの間にか――朝だと気づく。

もう枕元にはプレゼントが置かれていて、また寝てしまった情けなさも、夢中で包みを開ける瞬間には忘れてしまうのだ。

一年に一度おとぎ話が実現するこの夜は疎開で途切れたが、やがてサンタクロースは両親だと悟る齢になると、あり得ないことに夢中にさせていた両親の努力を考えた。

自分が親になってからは、子供たちに気付かれずにプレゼントを用意する「創意工夫」を試される行事になる。

〈年末年始〉

十二月二十七日、しめ飾りが取り付けられ、門松が立つ。

十二月二十八日はお餅つきだ。庭に置かれた臼に熱い餅米が移され男衆が二人で搗く。手伝い達が大きな鏡餅と要所毎へのお供え餅を形作り一段落すると、子供達は縁側に丸い小餅のように畏まって並び、きな粉を散らしながら、口元から伸びるお餅を頬ばる。

大晦日はそれぞれの枕元に真新しい下着一式が揃えられ、夜明け前お風呂に入って着替えた。しらじら明け染めるときを知るのは一年に一度のことで清らかな気持ちになる。着物、羽織を着せてもらい、母も晴れ着に着替え、若水を供える父に従って初日を拝み、神棚、荒神、お仏壇にお参りする。

床の間には鏡餅を飾った三方、母が活けた若松、手には持てない大きな「藤娘」の押絵羽子板が並んで華やかな空間をつくる。撞き羽根は細長い板の溝に縦一列に差し込まれていて、紅白の花びらに黄色いシベの梅が咲きそろっているように見える。行き場のない大きな睨み鯛の皿鉢もそこに置かれる。

お正月の挨拶のあと、小梅と結び昆布を湯呑み碗の底に沈めた大福茶を頂き、年下から順に父の前に進んで三つの朱杯でお屠蘇を頂く。屠蘇器から一、二滴垂れるしずくは、ほの甘く苦く、複雑な香りがお正月を厳粛なものにした。

一緒に祝膳につく手伝いの人たちから、白い西京味噌のお雑煮とお重箱の料理を取り分けてもらう。お雑煮は、丸餅、輪切りの細い正月大根、ゆりね、サトイモ（子供には食べづらい縁起物の八頭芋、エビイモの代わり）など白くて丸いもの、そして、ふんわり花かつおが載る。

お正月の祝箸は少し長い。箸袋には父の勢いのある筆で各自の名前が、取り箸には「松竹梅」「福寿」「迎春」などと書かれている。

座敷に並べられた朱塗りの男膳は脚が低い。紋入り朱色の小振りの漆器が五つ。女膳は黒漆で脚が高く、漆器はすべて外側が黒、内側が朱で少し大振りにできている。

黒と赤があれば、黒が男物で赤が女物、男物は大きくて女物はかわいい、と認識するのが習わしになっている私には、色も大きさもまるで逆になっている正月膳が不思議だった。謂《いわ》れは知らないまま、今は遠く過ぎたお正月のにぎわいである。

七日の七草粥の朝は、母がまな板の上に置いた材料を包丁で細かく叩きながら唄う。「唐土の鳥が日本の土地へ渡らぬ先に、ナズナ七草、七草ナズナ、トントンからりトンからり」

正月十五日は小豆粥にサイコロ状の小さいお餅が入っている。

普段の月の十五日はお赤飯が、お揚げや人参、凍り蒟蒻の入ったアラメの煮物といっしょに必ず出された。月に一度食生活を整えるための習慣だったのだろうか。家族の誕生日にはお赤飯をいただくから、台所から小豆のおこわを蒸す匂いが何度か漂う月があった。


〈節分〉

神棚から下ろした豆は、数え齢にひとつ足した数だけ恵方を向いて静かに食べる。食べ終わるまで口をきいてはいけない。齢をとるに従って豆の数が増えるのは大変だな、と思いながら豆まきで起きる騒ぎに心は傾く。

◆家政婦
末っ子の妹が生まれて後、母は寝込むことが多くなった。手伝いの他に、母と生まれたばかりの妹を世話する人が必要になり、その人がやってきた。

彼女は子供たちに、苗字に「さん」をつけて呼ぶように要求し、他の使用人のカシラのように振る舞った。「女中のくせに」と、その態度に子供たちが反発すると「私は家政婦です」と大きな腰に手を置いて胸を張る。

子供たちには丁寧語を使わず馴れ馴れしく名前で呼び、無遠慮な大声、粗野な態度、わけても自分の下着をどうどうと私達の物と並べて干す感覚に、私は思わず「決まった所に干しなさいよォ」と、言ったことがある。

他に「あられもない」癖をもっていて、母も苦笑するしかなかったようだ。

九歳の私、七歳の妹、四歳の弟が疎開に旅立つ夏の朝の記念写真は、暗い表情の両親に並んで、その人は七カ月の妹を抱き意気揚々と写っている。

まるで自分の子供のように扱い、両親に遠慮もなく我流で可愛がる。休みの日には背中におんぶ紐でくくりつけ、自転車に男乗りして自分の里へ連れて行く。家族は眉をひそめながら、母と妹に甲斐甲斐しいその人が必要だった。

妹はその人から「あんた」と粗雑に呼びかけられていたので、幼稚園に上がるまで自分のことを「あんた」と称し、一人称の「わたし」が使えなかった。妹が「これ、あんたのよう」と主張するたびに私たちは「はいはい、その通り。これは私のものです」とからかって取り上げる。

やっと喋れるようになったころ私達「疎開三人組」が帰郷したわけで、気にいらないことがあると生意気にも「フクヤマへかえりぃ」とふらつく足を踏ん張って叫ぶ。そういう時、妹を〝育てている〟人への反感をあらわにして、私たちは「女中っこ！」と呼び返した。

この〝家政婦〟とは親しみが持てないまま疎開を挟んで、四、五年ほど一緒に暮らしたと思う。

しかし他の手伝いの人たちは、子供たちが親兄弟姉妹の間でしょっちゅう起こる軋轢や癇癪や泣き言の八つ当たり先になって受け止め、やさしい慰めと冗談で解きほぐしてくれていたことが、今になってよく分かる。

その頃は知りえなかった寛容な人間関係に守られ、私たちは育った。

――あれから途方もない年月が知らぬ顔をして過ぎてしまい、感謝したいその人たちに言葉をかけることはもうできない。

「思い」は遅れ、届けたい人へ間に合わない。交わしたい言葉、教えて欲しい情景、今なら共感できるはずの事ども……。

◆父

父は他の姉妹には内緒で、私だけをよく連れ出した。門の外で待ってなさい、と言われて母に着替えをさせてもらい、院展、帝展、文展時代の古い作品の展示も何度か見せてもらった。父は日本画を好み、私は動きを感じる洋画に惹かれた。

戦時中の日展洋画部門で見た、宮本三郎、小磯良平、岡田三郎助、藤田嗣治などの戦争賛歌の画が戦後問題になった。しかし、それらの画は、戦時の高揚からだけではなく子供の私に強く美しい印象を残し、画家の名前も忘れられないものになった。

父はソフト帽とコートには必ず自分で、長い白い毛のブラシを掛けた。ハンカチは三枚。娘達がベンチに腰掛けるときは、汚れていなくても大きい一枚で座面をパッと払ってから「お掛けなさい」という。席があっても自身は座らない。

これが当たり前になった娘たちは、成人後、付き合う男性に戸惑うことになる。

鹿革の爪磨きセット。葉巻。火をつけるが、紙巻煙草同様すぐに消してしまう。お酒は飲めない。雰囲気は味わう。

羽毛の掛布団と枕を使っていたのは父だけだったので、子供たちは朝起きると争って二階の寝床に走っていき、軽さと温かさと父の匂いの中に潜り込む。

明治生まれの丈高い背筋、母よりも柔らかいその指先に外出時子供たちは我先につかまりたがった。

もちろん生涯父を美化していた訳ではない。しかし子供達への心配りは行き届いていてやさしく、ダンディで、訊ねれば何でも面倒がらず答えてくれた博覧強記の人、という印象は消えない。

母は父のことを「縦の物を横にもしない人」と言いながら、お任せの習慣が幾つかあった。

ドイツ製ガス湯沸かし器への点火は、ぼっ、と大きな音と一瞬立つ炎が怖くて、父以外誰も触れなかった。父が不在だと朝の洗顔のとき台所からお湯を運んでもらうことになる。昭和十七年頃のことで、コーヒーのサイフォンも父しか扱えない。屋根の上のタンクから陶製の便器にどっと流す水洗装置の不調には父も度々苛立った。

すき焼きは全員分の世話をし、自身は最後に食べる。肉に載せた砂糖が醤油で香ばしく焦げ、マツタケの季節以外は湯葉がたっぷり入る父のすき焼きは大好きな味だった。

朝は届けられる藁苞の納豆に海苔。海苔は一枚ずつでは香りがとぶから、と、父は二枚を中表に合わせて火鉢でサッ、サッと、手伝い達の分まで炙り、母が六枚か八枚切りにして皆に配る。夏でも小さな火鉢に灰を被せたおき火があった。

しかし誰も真似しなかった食べ物――熱いご飯にバターを置いてその上にお砂糖をのせる。父はこの食べ方をどこで仕込んだのだろう。

◆おみやげとおめざ

夕食後はお菓子を食べさせてもらえない。父が遅くにおみやげを持って帰ってくると、それは明日の朝の「おめざ」になる。朝目覚めると枕元に半紙に包んだおめざが見つかる。

京都の八つ橋、顔より大きな神戸のゴーフル、亀井堂の瓦せんべい、美しい横浜の亀楽煎餅、は大好きだった。亀楽のおせんべいは表が真っ白に固まった砂糖の浮き彫り、裏は焦げ色でパキッと折れる。

八つ橋やゴーフルは今も手に取って幼い日と同じ味に浸れるが、亀楽煎餅は複雑な手焼きの技術を継ぐ人が絶え、もう食べることができない。

◆御用聞きと仕出し屋

茶の間と台所の上がり框に色とりどりの和菓子を見せて黒塗りの出前箱が並ぶ。

店で買い物をする経験を一度も持ったことがない私は、ここで店の人と母や手伝いの人の会話を黙って聞くのが好きだった。

棚に人数分のオムライスが載った縦長の岡持ちの前蓋が開くときは特別うれしいし、白い上着のおじさんが運んでくる大きな鯛の酒蒸しは「タイのタイ」を誰が貰うかで瞬時混戦する。日の丸の旗に見える薄い骨片は、特別欲しいホネではないから大抵は弟のものになった。

乾物屋の荷の中には、透けるほど薄い真っ白なおぼろ昆布と、名前が美しい色混じりの「羽衣」があった。おにぎりにふんわり巻く。熱い湯を注いで二、三滴お醤油を垂らし花かつおをのせる手軽な吸い物は、気をつけないと噛まないうちに喉に滑り込んだ。

日常の食品が上がり框に持ち込まれる中、最も憧れたのはお豆腐屋さんだ。桶からそーっと一丁ずつ取り出すおじさんの、柔らかなやさしい手つきに見惚れた。

◆お豆腐屋さんごっこ

私はそれを再現したくて妹弟とお風呂に入る度にお豆腐屋さんごっこを強要した。白いタオルをお豆腐の大きさにたたみ、風呂蓋の下に幾つか用意しておく。湯船に浸かっている私がお豆腐屋さん。妹弟はお客で、洗い場から洗面器を差し出して買う役だ。

私はお豆腐屋さんの言葉を思い出しながら、それらしいことを言って洗面器にお湯を汲みお豆腐をそっとそっといれる。一丁、二丁という語感も好きだった。ただ、掌に載せて大きな包丁ですっと切る真似は畳んだタオルでは実現の方法が見つからず、一丁のまま売るしかなかった。一度も豆腐店を見たことはなかったが、長い入浴を叱られてもすぐには止められない「創作的」遊びだった。

ときどき役割を代わったが、妹弟のお豆腐の扱いが気に入らなくてすぐ交代する。とうとう風呂場から引っ張り出されるころは浸かりすぎた私達の手はふやけてごわごわ、皺くちゃだった。

――私に孫が生まれ一緒にお風呂に入れるようになると、「専売特許」のお豆腐屋さんごっこを教えて遊んでもらった――「三つ子の魂」。

今も旅先の小さな町でお豆腐屋さんを見かけるとしばらく、水の中で揺らぐ白い塊から立ち去りがたい。

◆氷屋

ねじり鉢巻き、毛糸の腹巻きに上半身裸のおじさんが四角い大きな氷の塊を鎌のような物で引っ掛けて入ってくる。それを切り分け冷蔵庫のなかに収めるのだが、カッとひびをいれて叩くときれいな四つの立方体ができる。

◆地下室

昭和十八年、防空壕の必要が強まり我が家では大工事が始まった。家屋の下に堅固なものを造るため、縁側を広げてサンルームにする一方、そこから庭下にかけてコンクリートの地下室を設ける。

地面を掘り下げた土砂を運ぶ作業は何日も続いた。工事人達がモッコに入れた土砂を天秤棒で担いで近くの崖へ捨てに行く。

付いて行った私と妹は、モッコが空になる帰り道は「お籠」のように乗せてほしい。しかし逞しいオジさん達は、「とうちゃん（お嬢ちゃん）らはあきまへん。ボンしか乗せまへん」と意地悪を言う。

日頃姉たちが弟を扱う様子から弟に味方するのだ。弟は小さな手で土まみれのモッコの綱を握りしめて坐り、オジさん達の「エッサー、ホッサー」の掛け声でうれしそうに揺れて行く。

お昼休みにも「ほら、ボン、乗りなはれ」とモッコを担ぎ上げて弟を喜ばせる。見せつけられるだけの私と妹はくやしいけれど、汗に光る日焼けした賑やかなオジさん達が好きだ。大勢でお酒みたいなものを飲んだりキセルに煙草をつめて受け渡しする様子を見るのも楽しい。

地下室が完成した。廊下の一部に厚い板が二つ折れに開く引き上げ戸があり、取手を引くとそこが入口で、もう一枚下の板を水平に引くと地下への階段になる。細い階段は全て備蓄用の引き出しになっていた。

コンクリート床は分厚い天津緞通《だんつう》で被い、電燈も点く。崖側に、子供の体でもそこからは抜けられない通気窓が一つ開けてある。

ピアノは降ろせないのでドイツ製の折り畳み式オルガンが運び込まれたが、扇風機では排除できない湿気の心配から、結局元に戻された。

地下室と応接間を繋ぐ電話が敷かれると、子供たちには「戦争」から隠れる部屋ではなく、思う存分に振る舞える〝隠れ天国〟になった。

しかし、ときにお仕置きで閉じ込められる弟には、押し入れなどとは比較にならない地獄の空間に変わる。

あまり口やかましくは叱らない家風だったが、六歳上の姉は背筋を伸ばすよう背中に物差しを入れ、庭の松の木に結んで立たされた。両親は子供の成長期を気にしていたので、私達は毎朝かならず一瓶ずつ牛乳を飲む。台所の調理台の上に整列している白い瓶を見るのは気が重かったが、疎開がその習慣から解放してくれた。

私たちがうっかり物をまたいだり足で物を動かしたりすると、母が和裁の二尺差しで「このオミヤが」と、ぴしりと足を叩く。弟は母の手の動きをはぐらかして面白がるので地下室に放り込まれた。あらん限りの声で泣き叫ぶが頑丈なコンクリートはその声をそのままには届けない。

◆ブランコ

外に出て遊ばない私に母は、目が悪くなる、体に良くない、せめて庭に出なさい、と青白い顔色を気にした。

その後、庭に建てられた大きなブランコは、長い綱を振り上げると屋根を超える高さまで上がる。誰もついて来ない完全な一人きり、空まで昇る爽快感に病みついた。白い山茶花、薄色の秋海棠の上を飛ぶ。

庭に出なさい、と注意する母が、「止めなさーい、おやめっ！」と金切り声をあげる。私は後ろへ漕ぐ足で母の叱声を蹴散らしてさらに伸び上がる。

――大胆なブランコ術は後年、下手なスキーでもスピードをゆるめない「そこ退け、そこ退け」の滑りになり、空に飛び上がり急降下するブランコのスリルの再現になった。

◆お医者さま、人力車、木炭自動車

家族が病気になると、恰幅のよい白髪のやさしいミヨシ先生が人力車で往診してくださる。

妹と弟は同時に風邪や腹痛をおこすことがあって寝床に二人並んでいるが、なにか面白いことを言われると病気を忘れてうれしがる。

そのすきにお医者様は注射薬のアンプルを取り出し、ぽんぽんと指ではじいて小さな器具を当て、キ、キ、キ、とガラスを切る。太いのも細いのもパリッと一瞬で開いて注射針が液体を吸い上げる。

母は体調が悪くなると頭にぐるりと細長い氷嚢を巻いて人力車で行き帰りした。荷物の多い外出には後部に煙が見える自動車が迎えに来るが、私はあの匂いが嫌いではなかった。

◆プラネタリウム

大阪市立電気科学館でプラネタリウムを観たのは四、五歳ころだったか。館内が真っ暗になり天井に星が溢れた瞬間、吸い込まれ漂う暗闇に落下した。震えるような、しびれるような初めての感覚に襲われ身動きできない。

成人後再体験したくて国内で何度か、またワシントンの宇宙科学館でもプラネタリウムを観たが、二度とあの異常な戦慄の感覚には出会えない。

プラネタリウムを思い出すと、何故か、大阪ガスビルのツグミ料理がくっついてくる。ついでに、レストラン「アラスカ」からは「白熊」が離れない。なぜ「アラスカ店」と聞く度に「白熊」が気になるのか。子供だったから料理のことは関心がなかったのに、店のどこでどのようなものを見ていたのか。霧の中から出て来ないシロクマ。

◆相撲見物

大阪で大相撲を見たことがある。陽の色が差す白いテントに囲まれていたように思う。

双葉山と照国がいた。幼い男の子でも双葉山の名はよく知っていたが、私がはっきり覚えているのは白いまん丸い体の照国のほうで、それは私の名前と共通する「照」がついていたせいもある。取組よりも私の目に残っているのは、光るほど真っ白に見えたお相撲さんだ。

◆動物園

幼いときから、まず大急ぎで見に行くのは多色絵のように美しいオシドリだった。それから雄々しく静かな眼のライオン、トラ、ヒョウ。

猿山は素通りする。子供はサル好きとなぜ決めているのだろう。せかせかと様子の卑しい人が集まって騒いでいるように見える猿山は、小さいときから大嫌いだった。

◆乗馬

ご近所に兄と同い年のカンちゃんとお姉さんのカスミさん姉弟がおられた。広い裏庭には厩舎があり、厩係がお二人の二頭の馬を世話していた。

それに乗って散歩をするカンちゃんは乗馬用キュロットと深い革靴を着けた小学生、女学生のカスミさんはお嬢さんらしく長いスカートで鞍に横座りだ。私は「滑り落ちない？」と気になる。

兄が、通っていた乗馬クラブの馬でカンちゃんと一緒に散歩するとき、たまに私を鞍の前に乗せてくれたが、馬の背の高い位置から見える景色と馬の逞しい息づかい、揺れが伝える温かい感覚は私の心を遠くまで運んだ。

◆もう一人の兄の同級生

ショウちゃんは特別活発なとてもきれいな男の子で、お祖父様お祖母様、顔立ちがあまり似ていない妹さん、手伝い人達と、蔵が並ぶお屋敷に暮らしていた。ご両親がいらっしゃらないのが気になったが、訳を聞いたことはない。

兄に連れられてお宅に遊びに行き、かくれんぼをすると私は必ず迷子になり、手伝いの人が探しにきてくれるまで元の場所に戻ることができなかった。隠れているのが不安で、鬼に見つかり易い場所を選ぶつもりが、生まれつきの方向音痴なのだろう。

或る日、ショウちゃんが遊びに来て我が家の大屋根に上り、つられて上った兄は足を滑らせて桜の木にひっかかりながら庭に転落し大怪我をした。

母は、「もうショウちゃんとは遊ばないように」と叱ったが、問題は運動神経の違いなのだ。我らにはドンくさい血が流れているのを母は忘れていて、「ショウちゃんはご両親がいやはらへんから好き放題」と兄の自覚の無さを庇った。

ショウちゃんは高校に入ってボクシングを始めた。白い肌、くせ毛、西洋人のような体格に、長いまつげの悪戯そうな眼の使い方が心を惹くので、女生徒たちが石段の上に建つ門の前に集まっていることがあった。

私が中学の校誌に出した詩や文をどこで見たのか、道ですれ違うと、覚えている一節を声に出して冷やかす。陽気な嫌がらせ好き、は小さい頃と変わらない。

◆寺社詣で

父は節目毎に寺社に参拝した。私の名前は、父が伊勢神宮に初詣している時間に産まれたので天照大神から一字を頂いたという。伊勢をはじめ、大神《おおみわ》神社、橿原神宮、広田神社、信貴山、先祖のお墓参り、は家族行事の一部だった。

社殿では高床にあがって正座し、宮司の祝詞のあと巫女たちが鈴を輝かせて舞うお神楽を拝見する。下げた頭の上で振られる御幣が風を切り鈴の束が震える音を聞くと、子供心にもご加護を頂く感じがした。

参拝のあと神主さんから「お下がり」を授かる。「おくもつのハクセンコ」は家に帰ると子供たちに分けられ、単純な味だが有難い気持ちでいただく干菓子だった。

道端の小さな祠やお地蔵様に子供達も必ず頭を下げげた。その習慣は今も無視できず、急ぐとき、人目のある時はそっと片目で拝んで通る。

お墓参りで訪れるお寺の山門と玄関入口の敷居は、一人では跨げない高さと分厚さだった。両方の腕を引っ張り上げてもらってやっと、馬乗り状態にならずに越えられる。それほど足の短い幼いときからのお参りだったのだと、思い出して微笑んでしまう。

◆お盆、夜店

盂蘭盆は祖先の精霊の迎え火を門の前で焚く。白くて細い麻幹《おがら》を組んで父が火を点け、みんなで手をあわせる。薄い煙に包まれる慎ましい雰囲気は、お寺や墓前で拝むときより無心になり、なつかしい祖母を迎えている思いが確かだった。

送り火も同じようにやさしく行われた。湯上がりの首と鼻の頭に天花粉を振って、明石縮の夏着に三尺帯を結んでもらうとお行儀がよくなる。

盆踊りはまったく知らないまま大きくなった。近くでお囃子を聞かなかったし、どこかへ見に行ったこともない。

地蔵盆は夜、父に付いてお地蔵様を祀る場所を回りお供えをして、お世話係の子供達にお菓子などを手渡す。大小の提灯のもとで、子供たちが賑やかに誇らしげにお地蔵様を両脇でお守りしているようすは、絵本の見開きページのように愛らしかった。

神社のお祭りは社殿へ一直線。両脇の夜店は見て通るだけのもの。

飴細工、綿菓子、シンコ細工、どれもこれもかわいくて美味しそうで買って欲しくてたまらないのに、「いけません」の一言で通り過ぎる。

「トコロテン」の音感は特別冷たくておいしそうに聞こえる。どんなものか見たい、欲しい——「不潔だから」と、両親は決して態度を変えなかった。「買い食い」への嫌悪を、「不潔」と言い換えたのだろうか。

ヨーヨー釣りもダメ。しかし金魚すくいは、掬い網を何枚も換えて好きなだけ挑戦させてもらえた。

小学校の傍には、色とりどりの瓶が並んだ駄菓子屋があった。子供達が楽しげに出入りしているのが羨ましく、持ったことのないお金が必要だ、と分かっても、母に「お金ないの？」と訊けず、友達から「エェシ」と言われる訳も問えないまま、長い間心の底からその店に憧れていた。

――しかし、成人してから覗いた駄菓子店はまったく興味がもてない場所だった。そこに子供の頃の想い出を見つけられない大人は、憑き物が落ちたような感覚で眺める。

夜店の食べ物を買う勇気がないのは子供時代に刷り込まれた「不潔」の感覚のせいだが、結婚して子供にせがまれると、自分が夜店で買ってもらえなかった寂しさを思い出して、ねだられるままリンゴ飴を買ってあげた。そして子供は前歯を折る！　私はリンゴ飴の粘りと硬さを知らなかった。

夢の塊のような綿菓子はとうとう自分でも食べてみた。口の周りに粘つく甘いだけのもの、食べた感触もなく消える。美味しくはない。

桃色の綿菓子をお祭りで並んで買う大人は、幼い日の記憶を食べたいのだ。お祭りの興奮といっしょに、幼い舌がひも解いた味を追認したいのだ。それはきっと、幸せいっぱいの味に違いない——。

◆神農祭、十日戎

北風が舞う頃、家の鴨居の上で「しんのうさん」の笹からぶら下がる厄除け張子の虎が、おとなしく首を振る。

「えべっさん」の笹には賑やかな飾りがいっぱい結ばれて重い。子供達は社殿への参拝より、競り合う縁起物売りの大声、押し合う人混みのなかで、家族からはぐれないことだけ一生懸命考え、コートの裾を掴み纏わり付いて歩く。

◆電話

海外の父から電話がかかると、子供たちは電話機の前に列をつくって順番を待つ。受話器の位置が高いので一人ずつ母に抱きあげられて話す。まだよく喋れない妹弟が「パパ、パパちゃん」と連呼するのは、声だけで姿の見えない父に「どこに隠れているの、出てきてください」とせがんでいるのだろうか。それぞれにしか分からない興奮の行列だった。

父が海外から送ってくるお菓子の中で、かまぼこ型の大きなチョコレートは母がまな板に載せて包丁で切る。形を揃えられない母は「薄いのイヤ」「欠けている」と口々の苦情にさらされる。

私はハスの実の砂糖漬けと棗《なつめ》が好きだった。――今も海外を独り歩きするとき、懐かしいお菓子に出会えないか、と期待してしまう。

◆千人針

学校の帰り道で時々、千人針の長い布をもったおばさん達から「お願いします」と声を掛けられ、赤い糸のついた針を手渡される。

兵隊さんは、一人一針千人の人から無事を祈願してもらった布を身に着けて戦地へ行く。学校で運針は習っていたから、声をかけられるとうれしくて白い布の上に赤い玉を心を込めて縫い付ける。本当は二つでも三つでも刺したいが一人一つしか許されない。

布に薄く糸玉の位置が印されているので一人ずつその通りに刺していくと「武運長久」「必勝」などの赤い文字が出来上がる。

家では手紙や手作りのものを入れて慰問袋を作り、戦地の兵隊さんへ心を向ける日々だった。

◆観劇

父は子供たちを歌舞伎、文楽、新派劇に度々連れて行った。南座では桟敷席で観る私たちに、いい匂いに包まれた芸妓や舞妓さんが挨拶に来る。鷹揚に返礼するだけの母に、もっと愛想よくして欲しいと思ったりしたが、私が、「大きくなったら舞妓さんになりたい」と言ったときは驚くほど険のある声で叱りつけられた。

幼少から戦中まで何度も観た歌舞伎では、猿之助、海老蔵、団十郎、幸四郎、松緑、菊五郎などの名を聞かされた。何代も襲名、名跡を継いできた名優達の名と、子供が観た演目は必ずしも重ならないが、立役の見得は家に帰ると早速それぞれが真似をした。

芸が解らない私は、女形の歌右衛門、梅幸の声や姿に美しいという印象を持たない。しかし、多くの華やかな舞台より、幼い心に刷り込まれて消えないのは、恐ろしい、悲しい情景がほとんどだ。

「先代萩」の政岡は歌右衛門だったと思うが、子供の心には強烈過ぎる幾つかの場面が残っている。

飛び出してきた政岡の幼い息子千松が、幼君へ献上の毒饅頭を身代わりに食べて倒れる。謀反の御殿女中がその千松を捕まえて短刀を首に刺し「これでもかっ、これでもかあ」と叫ぶ場面は今思い出しても恐ろしい。

こと切れた千松を、一人になった政岡があやすように抱いて幼君への忠義を誉め、激しく泣く。

「殿中」の前の幕「まま炊き」の場は、屏風の陰でお茶道具を使ってご飯を炊く政岡に、幼君と千松が、「ままはまだか」「ままはまだかいなあ」、と覗きに来る。政岡にたしなめられると、威儀を正して「お腹がすいてもひもじゅうないぃ」と澄んだ可愛い声をあげる。

この場面が大好きな私達子供は、食事を待ちながら台所に駆け込み、口々に「ままは……」を叫ぶ。

「また千松ですか」と誰も相手にしないが、母が居ると「まだか、まだかは、はしたないぞえ」などと政岡の声色を使って応えてくれる。うれしくて「お腹が空いてもひもじゅうないぃぃ」と大好きな台詞をつなげ、際限なく大声をあげる。

でも、あの恐ろしい台詞「これでもかあ」は誰も口にしなかった。


客席から舞台へ飛ぶ野太い掛け声を私は、お行儀の悪いおじさん、と思っていたが、間合いを熟知している人にしかできない難しい芸らしい。

幼い弟が「エンノスケだ！」と、小さな頭をくりッ、くりッと回して、あごを上げ目を見開き、母の大好きな「勧進帳」弁慶の見得をきってみせると、母も「よっー」などと声を返した。


古典芸能の舞台で私がいつも目を奪われたのは、胡粉塗の木彫りのような真っ白い足袋の足先が見せる美しさだった。固まった形から一瞬親指がわずかに反ってそのますべる足袋の運びは、豪華な衣装にも増して惹きつけられた。

中座、角座で観た新派劇の中で、長谷川一夫、山田五十鈴の二人は美しかった。しかし息をつめ固くなって見つめる歌舞伎とは違う、日常的で分かり易い状況に、何か物足りない気がしたことも覚えている。

「鬼界が島」は置き去りにされる流人の悲嘆と恐怖。

「葛の葉」はキツネに還った母が口に咥えた筆で障子に「恋しくば……」と子に別れを記す場面の、文字の美しさと技。

華やかで面白い舞台より衝撃的な場面が子供の心には深く残るようだ。「安達ヶ原」「黒塚」の薄の廃屋で鬼に変わる老婆の妖気は凄まじかった。

文楽はよく見せてもらったが、主遣いの動作や表情が人形の細やかな感情表現より気になって、つい遣い手の方を注視してしまう。

人形が泣くときは遣い手の泣く思いがその全身から染み出るので、つい私の感情移入は分散する。首切りの場面では人形の首から赤いたすき状の布が真下に引かれて、ほとばしり出る血がうごめく。台の上に人形が座るとき、宙に浮いたような姿が気になるのも、義太夫の激しい表情に視線が逸れ、うわずった振り絞る声におびえるのも、子供には歌舞伎のほうが溶け込みやすかった。

もうご高齢だった文楽の吉田文五郎さんを路でお見かけしたことがある。父が会釈して通ったので「だあれ？」と訊ねて分かった。畳んだ手ぬぐいを頭に載せて石垣に腰掛けておられたのは、お風呂屋さんの帰りに一休みされていたのだろう、と父は言う。

文楽「義経千本桜」では狐忠信が静御前の打つ鼓の音に惹き寄せられる。虹色にも見える裃姿の桐竹紋十郎が、片手に真っ白いキツネの作り物を操りながら塀を蹴破って躍り出たときの、輝くような美しさと躍動感は目にも胸にも焼き付いていて忘れられない。

動きのない舞台、呟くような音曲のお能は、一度きりだ。ただ大鼓《おおかわ》の演者の高い高い音域から真下に太く落ちる奇異な掛け声は覚えている。

幼いころは白檀の子供用扇子を横に引っ張って開けると「お能の扇とは違うのえ」と母に言われ意味が分からないままだった。成人してから流儀によって閉じても先が広がってみえる能扇を知ったが、その形状を言っていたのだろうか。

◆呉服屋

戦前戦中前期まで、呉服屋が大きな風呂敷にたくさんの反物を担いできて、母の前で広げ注文を受けた。

或る年、お正月の羽織のことで私は大泣きしながら母に怒りをぶつけた。

前年私が選んで作ってもらった、袖と身頃に御所人形が描かれた赤紫綸子地の羽織を、母は妹の羽織だと言うのだ。

「これ以外は要らない」とまで主張して選んだ大好きな生地を母は取り違えている。二歳違いの妹と仕立ての寸法は同じなので、問題は〝私が選んだもの〟なのだ。

お正月に〝私の羽織〟を妹に着せ、妹の羽織を私に着せた母をどれだけ恨み、不信感をもったことだろう。

◆散髪

私達子供は散髪屋に行ったことがない。散髪屋さんが道具を揃えて家に来た。一人ずつ縁側に腰掛けて、胸周りに白い布を掛けられ、母とおじさんの間で刈り方が決められる。

町で、赤、青、白の巨大な捩じり飴のような灯りがくるくる回っている散髪屋さんの前に来ると、独特の匂いがしておじさんが忙しげに椅子の周りで動くのが見える。ゆっくり歩いてお店の中を横目で覗く。うちへ来るときより、おじさんは元気そうで楽しそうに見える。

母には髪結いさんが来ていた。結婚式前の長姉が高島田の試し結いをしてもらい自分の部屋で写真を撮る一部始終を、私たちも〝鑑賞〟した。

写真屋の焚くフラッシュの閃光と音には傍に居る者も怯えるが、写される人は負けないようしっかり目を開けて緊張するので、やさしい表情を作るのはむつかしい。

◆手伝い

鰹節けずりは頼まれる前に手伝った。堅いかつぶしを刃の上で前後に動かして大きな美しい切片を削り取るのは難しく、大抵は粉っぽいくずになって箱の引き出しに溜まる。手を削ることなく無事に、さくら色のひらひらが作れるとそれは、摘まみ上げて自慢するに値した。

肉を細分するときは、器械上部の投入口に肉片を押し込み取っ手を回転させる。筒状の先からにゅるにゅると連なって出てくる様子は気持ちが悪いだけで、美しくも楽しくもないから手伝わない。

「うすいえんどう」の豆をさやから出す豆剝きは簡単だ。

若々しいさやは親指と人差し指で押しただけでぱちっと開き、可愛い緑色の粒が張り切って整列している。少し日が経ったさやは皮の艶を失い薄く白っぽい。豆も少々黄色がかって硬くなり、笊からコロコロ転がり出る。

甘く香る豆御飯を炊いてもらう五月の午後の豆剝きは、三歳児でも小っちゃな短い指で手伝いたがった。

外では買ってもらえないかき氷を家で作る器械があった。台に載せた四角い氷の塊を上から抑え金で押し付けて右手でハンドルを回す。氷はひと掻きごとに滑って位置を変えようとするし、ガリガリと音は頑張るが下に落ちる氷片は器の中になかなか積もらない。それでも食べたい一心で、赤や黄色に盛り上がったかき氷店の一鉢を思い描いてハンドルをまわす。

――私の脳に存在する視覚的な記憶は、その場の音や空気まで連れ出してくる。

――疎開中は思い出すことも懐かしむこともなかったそれ以前の日常が、今は着ていた編物の糸をほどくように、するすると一本の筋になって手元に還ってくる。褪せない色と匂いを伴って。

IV　一年間の疎開生活

一九四〇年、昭和十五年は、**「紀元※二六〇〇年」**を祝って国中で**「ああ、一億の胸は鳴る……」**が歌われていた。

※歴史的には「皇紀」であるが、当時、西暦を使う習慣がなく、「紀元」が普通だった。

一九四一（昭和十六）年四月、「小学校」から「国民学校」へ名称が変わったこの年に入学。紀元二六〇一年です、と学校で教えられたような気がする。

私は茶色いコードバンのランドセルを背負い一年生になった。軽くて赤いランドセルが欲しかったが品質を好む両親には通じない。

十二月八日、大東亜戦争或いは太平洋戦争と呼ばれた第二次世界大戦が始まった。

「鬼畜米英」「一億玉砕」「贅沢は敵だ」の教育を受ける。家庭で使うパパ、ママなど日常的な英単語も敵国語として禁止された。校門すぐのところに、襞の垂れ幕がお顔を隠している天皇皇后御真影の「奉安殿」があり、出入りの度に最敬礼をする。家の欄間に揚げられているお写真と同じか、「カーテンをちょっとだけ上げてお顔を見せて下さい」。好奇心とお願いで最敬礼する。

教育勅語は今でも前半は暗唱できる。後半は理解できず覚えられなかったのだろう。家では、淡々と平板な学校唱歌より励まされたり胸が痛くなる軍歌や戦争賛歌を、歌集を見ながらよく歌った。

学校では、低学年で歌詞の意味が分からないまま耳から覚えた。大きくなってから疑問の内容を思い出すと、荘厳なメロディに子供の語彙力で歌っていた一生懸命さが可笑しい。

男子生徒が合唱の時いつも突つき合ってニヤニヤしていたのは、

うみゆかば　みずくかばね

やまゆかば　くさむすかばね

おおきみの　へにこそしなめ
かえりみはせじ

私自身は、「カバ」が海に行ったら水に浸かる、山に行ったら草に埋もれる、ところまでは特別不思議に思わなかったが、おごそかなメロディに、「ね」という可愛いことばが付くのは変だと感じていた。

男子達が「天皇陛下の〝へ〟で死ぬ？」と囁くのを聞き、私は続く歌詞に「振り返るのはいけない」という解釈をした。六、七歳のころだ。それにしても重厚な曲想に「カバ」や「ね」は似合わないのでそこは自然に声が小さくなった。

教育勅語が「**朕《チン》思うに……**」と始まると男子生徒の間でたちまちさざなみが立つ。天皇が神であったあの時代でも子供達は無邪気に元気に生きていた。

一九四四（昭和十九）年には米軍による本土空爆が始まり、国民学校三年生以上に学童集団疎開または縁故疎開の指令が出た。私は四年生、九歳の八月、広島県福山市の長姉の嫁ぎ先に妹弟と三人で縁故疎開し、九月から徒歩二キロ先の国民学校に通うことになった。

胸には、名前、住所、年齢、血液型が記された名札を縫い付ける。

そして一九四五（昭和二十）年八月終戦を迎えるまでの満一年間、田舎の四季の巡りと目を見開く日常に、充足感いっぱいの幸運な日を送った私は、帰郷後、同学年の子供たちから聞いたつらい話に驚かされた。集団疎開先だけでなく縁故先でも、次第に大人の人間関係が複雑化して、子供たちは周りへの気遣いと、いじめ、空腹、に寝床で泣いたということだった。

福山に移った時はまだ夏休み中だった。

朝、勉強を済ますと本家の子供たちと目の前の芦田川に水遊びに行く。浅瀬に寝転んで、胸の上をツ、ツ、ツーと流れていくメダカに触ったり水の中でそよぐ草を撫でてみる。水音を立てる自分の全身が見えるのは、波に弄ばれるだけの海にはない自由自在な感触だ。

水着を着ているのは私達きょうだいだけで、村の子供たちは男の子も女の子も下着のパンツであそぶ。妹とお揃いのヨーロッパ製ウールの水着は背中が腰まで丸く大きく開いていて、大人用を縮めたおしゃれなデザインがお気に入りだったから、私は子供たちに囃されても全く気にならない。

時には洗濯を頼まれて水着の手に衣類と石鹸の入った籠を下げて行く。初めての洗濯が誇らしい上に、川――での洗濯だ。昔話が自分の生活に滑り込んできて、新しい生活のすべてが見よう見まねで弾む。しかし衣類が川底に触れないように扱わないと細かい砂が入り込み、帰ってからもう一度井戸水でゆすぎ直すことになる。

川幅の大きな芦田川は土手にも大人の姿はなく、誰からも干渉されない、夏の風が吹き渡る広い天地だった。

ある朝起きてみると、夜来の豪雨で芦田川が茶色い海のように膨らみ川面がうねり、重い音を響かせていた。神島大橋の欄干や橋桁に様々なものが引っかかっている。流れ着いた屋根は形を保ったまま、生きて苦しげに水の中でもがいている牛は大木と一緒に、そこから動けないでいるのだ。

雨は止んでいたが、水は土手の斜面を隠し、今にも足元まで寄せてきそうに盛り上がっている。大人達が決壊の噂を交わすのを聞きながら、冷たい風の中にパジャマのまま息をのんで立ちすくんでいた。自然の不気味さ、異様さを知った恐ろしい真夏の明け方だった。

台所以外の水は井戸の手押しポンプに頼っていた。朝の洗顔も川から帰った時のすすぎにもポンプを押す。井戸水がすぐに上がってこない時は呼び水を入れて、大急ぎで跳び上がりながら全力で押す。ジャンプ、着地の度にポンプの先からドッと水が溢れ出る爽快さ。ポンプ、自分、水の協同作業だ。

お風呂に水を張る。ポンプからバケツに汲んで、離れて建っている湯殿まで何往復もする。

本家の国民学校三年生と一年生の兄妹、疎開組の私と妹、四人の仕事だ。大人の誰かが新聞紙と藁に火をつけ、木切れをかまどに放り込むと子供も薪が燃え続けるように手伝う。

手伝いを免れている四歳の弟、本家の末っ子の女の子も入浴には参加する。風呂の縁から飛び込んでどれだけ高く湯しぶきを上げられるかを競い、小さい子はズルっとお尻で滑り込んだあと両手で精いっぱいのしぶきを飛ばす。六人が入る風呂場は大騒ぎで、湯殿の外から「なにしょうてん？　からだ洗うたんな？」と訊かれるたびに、「洗うたぁ」と返して共犯の喜びに一層はしゃぐ。

小さな山の上に八幡さまの古いお社があり、朝早く起きて必勝祈願のために登るのが日本帝国少年少女の心得であった。

急な石段を数十段上り、木の根がうねって足元を危うくする土くれを歩いて社殿にお詣りする。神主さんの力強い訓示や日本軍の立派な戦果を聞き、体操のあと晴れ晴れと山を下りる。

子供達はカタカタと軽やかに下駄を鳴らして自由に走り回るが、私は走ったり階段をおりるのが怖くて運動靴しか履けない。わらじは地面に密着している感覚に安心できるし素足に心地よいが、どんなときに履いたか覚えがない。

転入した学校で二学期が始まるといきなり、勉強ではなく川の土手で食べられる草を集める作業になった。馬の餌用だとか人間用だとかいろいろ言い合っている。

草いきれの中、村の子に選ぶ種類を教えてもらい、ゴザに集めて端から巻き込むと上手に持ち運べる。そのあとゴザを広げて乾燥させ、指定された容量を学校へ持って行く。

毛虫、青虫、トカゲ、みみず、そしてぬらッと目の前に蛇。声も上げられず棒立ちする私へ、笑い声が応じる。「どしたん？　ヘビじゃろ、噛みゃあせん。じっとしときんさい」

噛むよ、と言われていたカマキリは、小っちゃな三角の顔をかしげ両腕を前に合わせておとなしいのに、安心していたコメツキバッタに指を噛まれて血が滲んだ。家の庭遊びしか知らなかった私には、可愛いテントウムシ以外恐怖の叢《くさむら》だ。

しかし、土手にたそがれが降りてくると、花びらを畳み込んでいた月見草の蕾が川風のなかで一斉に黄色を広げる。花の開く音が聞こえる風景を私は本で知っていただろうか。

同じ学校に他の疎開児童がいたかどうか、先生、級友からも聞かなかった。私の組には勉強、運動にすぐれ、凛々しい性格が憧れを集める女子がいた。ソフトボールの投手で、男子や他の組の生徒たちまで支配する。

そのヒサエさんは、教室でも運動場でも私の傍にいて、「テコちゃんに悪さしたら、うちがこらえんけえね」と、誰にともなく宣言する。

二通残っている几帳面な文字の手紙は、都会っ子への〝恋〟に似た感情だったろうか。目元のやさしい、強くて頼りたくなる人だった。

四年生は少し離れた山まで隊列を組んで松の木を取りに行く。男子生徒が細い幹を切り倒し女子が二人で前後を担いで山道に足をすべらせながら学校まで運ぶ。

運動場に掘られた幾つかの防空壕の天蓋にするため先生方が何十本もの木を設置していく。

勉強時間は少なかったが、理科の授業でカビの実験があり、蒸したジャガイモの薄切りを各班が一枚ずつシャーレに入れて交代で自宅に持ち帰り観察することになった。

三、四日目に当番になったホソカワさんが次の日持って来ない。訊くと「おとうちゃんが食べてしもうたんじゃ」。

「もうカビも生えていたのに」と、みんなが驚く。研究が続けられない私達の班は、カビの生えた薄い一切れを空腹から食べてしまった「おとうちゃん」に向ける言葉がない。食糧事情の切迫は子供たちもよく分かっていた。

毎朝の朝礼では校長先生が「大本営発表」による神国日本軍の華々しい戦果を話され、撃ちてし止まん、欲しがりません勝つまでは、の精神を、更に説かれる。「カシラなか！」「なおれ！」などの号令に合わせて壇上の先生に力いっぱい注目すると、負けません、の強い気持ちが湧いて出る。

男の子達は兵隊さんから軍事教練を受ける時間、五、六年生の女子は薙刀を習う時間があって、「お国のために」と信じる熱い思いの少年少女に、辛いことと怖いことは何もない。警報が鳴ったり、防空頭巾を被って校庭の防空壕に走ったりも、「本当には起こり得ないこと」の練習だった。

秋、田んぼを真っ赤な曼殊沙華が縁取る。この花は初めて見た。糸のような花びらが幾筋も立ち上り繊細で強烈でうつくしい。

稲穂が金茶色に広がると、学校から指定されたお百姓さんの所で稲刈りを手伝う。鎌の使い方を教わって長い稲束を刈る。草刈りではエイヤッと引きちぎって量を増やしたが、稲は丁寧に株元を揃えて刃を利かせなければいけない。ザックザックと気持ちの良い音で進む友達の後ろで、劣等感でこわばる私は稲束を集めて運び役をする。

刈り取りと同時に穂に潜むイナゴを捕まえて乾燥させ、学校の給食用に供出する宿題もあった。アゴの大きいイナゴは噛む力が強いから捕るのも怖いが、黒く炒られた形を食べるのはもっと勇気がいった。

足手まといの手伝いだが、作業のあとは「疲れたじゃろう」とねぎらって白いおにぎりを下さる。うれしい。噂に聞いていた大きなご褒美だ。

帰路は各自で下校につく。警報のサイレンが聞こえると、頭上を飛ぶ機影を避けて田んぼの溝や木の陰に隠れる。離れた場所でサイレンを聞く保護者達は学童の身を案じて居たたまれない思いに駆られたことだろう。

疎開前は翼に日の丸を印した軍機の飛翔を胸をそらして仰ぎ見たのに、今は爆音を聞くと敵機を疑う。しかし誰もまだ戦争の本当の恐ろしさを知らなかった。

私が空襲よりも恐怖を感じたのは、隣村の中学生二人が繰り返し私の下校を校門の前で待っていたことだ。その日、一緒に帰る友達が欠席で私は一人で校門を出た。

速足で歩く私の後ろをゲートルに国民服の二人が付いてくる。――思わず走る。追ってくる。刈り取られた稲穂がそこここに小屋のように積み上げられた田んぼの中に迷い込んで、徒競走に自信がない私は必死だ。

二人一組で追いかける卑怯者、死んでも許さない！　怖さと怒りで走る。

並んで追ってくる、二手に分かれない——馬鹿なんだ！

頭を絞って稲塚から稲塚へ走り、潜み、走る。——私はとうとう彼らを撒《ま》いた。

「どけぇ行ったぁ？」……遠のいていく声。

薄暗くなる田んぼの真ん中で、知らない村まで来てしまったことに気づく。帰りの道を稲塚の陰に坐りこんで考えていたが、芦田川や神島大橋、汽車の鉄橋に見当をつけて探り歩く。

日が暮れて家に着くと、「どこで何を？　川や土手をどれだけ探し歩いたか」と、姉に泣かんばかりの形相で叱られ説明を迫られるが、あんな奴らに追いかけられて逃げ回ったなど、悔しくて恥ずかしくて九歳のプライドが許さない。嘘は言えない、本当のことは話したくない。

性格を知られているのか日頃の信用なのか、結局私は訴えもせず理由も言わないまま、夕食の卓につかせてもらった。

都会っ子は衣服や持ち物も注目の的だった。先生たちでさえ私を取り囲んで声をあげる。白い絹地に多種の色糸でシャーリングしたワンピースはあちこちを摘まれてなかなか教室に戻れない。

雨の日は私の〝雨合羽〟に、「蟬の羽根のよう」と触れる。緑色のレインコートはそのころ何で出来ていたのだろう。軽くて薄くて透けるような材質だが、和紙を染め油引きの撥水をして仕立てられていたのだろうか。誰にも訊ねないまま過ぎ、今になって考える。

姉が嫁いだ先の曾祖母様は少し離れた場所に一人で住まわれていた。

毎日のように直角に曲げた腰で杖をついて本家まで鶏の世話のために歩いて来られる。布を巻いた頭は向こうをむいておられると、背中の出っ張りで見えない。ゆっくりと草や野菜の根を刻み、卵殻、貝殻を砕いて餌箱に入れ、小屋の掃除と卵の回収をされる。姉も時々卵を頂戴するので私達は「鶏小屋のおばあちゃん」のご厚意で栄養を補強して頂いた。

なぜあのように腰が真四角になるのか、顔は地面にだけ向けて歩いておられるのに前方が分かっていらっしゃるのが不思議だった。

ときどき改めて名前を訊かれる。答えると、「まあ、よう来んさったなあ」と斜めに首をあげて黒目が薄い色になった瞼の下から愛おしげに見つめられる。イシランメの実がなる木はそのお住まいにあって、訪ねていく初夏は楽しみだった。

持ち込んでいたドイツ製の子供自転車は、村の子供達が取り合ったり順番を決めたりして乗り回していた。学生帽を斜めに載せているのっぽの中学一年生が、「おんどりゃあ！」と怒鳴ると、子供たちはひとかたまりになって身を守る。そのユタカくんは時々自転車を奪ったが、村を一周するとちゃんと返しにきてくれた。

夏の川遊び以外、私は戸外の遊びに殆ど無関心だった。

大阪から送られ本家の綿工場の隅に積み上げられている本の中に座り込んで、ときに綿埃が舞う中、誰にも邪魔されない時間を過ごす。大阪でのいろいろなお稽古事も大好きだったが、薄暗い工場の隅、筵に座って、高窓から入る光で活字に誘われる世界は、遮断された幸せな遊びだった。

読む本が尽きると、私は姉の嫁入り道具にあった谷崎潤一郎、旧訳『源氏物語』にそっと手を付けた。和装の二十四帖余りが納められた桐の箱は蓋をスライドさせて開ける。丁寧語が流れるように美しい文体を、九〜十歳の私は姉の目を盗んで読みふけった。

――翌年、疎開から急きょ帰阪する大混雑の汽車の窓から須磨、明石の浜の情景を物語と重ねた時は、同じ線路を来た一年前には知らなかったときめきを覚えて過ぎ去る海と松の林を見つめていた。

冬が来ると焚火の中に入れて温まった石を布に巻き、服の中や手に持って幼稚園児も一緒に集団登校する。焚火の喜びはサツマイモを焼いてもらえることにもあった。サツマイモは毎朝のお雑炊で食べ飽きているが、焼き芋になると別物だ。土手の上の道端にも植えられるサツマイモは、葉も茎も大切な夏の食糧になり、余ったものは乾燥して保存する。

下校時に小雪になった。

校門を見ると髪に花柄のスカーフを被りスカートにヒールを履いた姉がいる。ドキッとする。何があったのだろう。防空頭巾にモンペ姿が決まりの戦時だ。しかし独身時代そのままの美しい姉を見つけた私は誇らしさで走り寄って手を繋ぐ。学校の先生たちはどう見ただろう。村の人たちはどう噂しただろう。「特高」に遭わないだろうか。

疎開して初めての春が来る。私は十歳三カ月になっていた。土手に土筆が穂先を見せる。摘んだつくしの袴取りを手伝うと、少し苦い早春のおひたしになる。春の陽気は土筆を素早く成長させ、昨日の土筆が今日はもうスギナになって食卓の助けにならないから、初めての味を知ったのはほんの数日だった。

給食のことは大豆ご飯とイナゴとしじみ汁しか頭に残っていない。何故だろう。お茶碗と汁椀を学校に持って行ったのは確かだが、学校に預けていたのか毎日持参していたのか、一年間いたのに他にどんな給食が出たのかも覚えていない。

お腹が空くと、河原やあぜ道で村の子達に教えてもらっていろいろ食べた。

春の土手でスカンポ。初夏、ひい祖母ちゃんちの庭でいちじく、イシランメ（ゆすら梅）。夏はサトウキビ。もち麦も夏だっけ？　足で踏んで穂から出した粒を口に入れてしばらく噛んでいるともちもちしてくる。スカンポは酸っぱくて二本目は食べられなかったが、イシランメは甘くなくてもサクランボのようにさわやかだ。いちじくの茎から出る白い汁は口元に付くと腫れて痛む。サトウキビは上手に口に入れないと唇が切れた。

タンポポは茎の先を三つか四つに割いて口に含んでいると割いた部分がくるっと巻き上がる。苦い草の味しかしないしお腹の足しにもならないが口に何かを入れているだけで満たされるのだ。出来上がった茎の形を見せ合い笑い合う。

つつじが咲くと子供達は花びらをすっぽり抜いて根元の蜜を吸う。そしてみんなの唇に可愛い花が咲く。

田んぼに水が入る。

湿った闇に沈んで軽やかに啼き交わすカエルの声を、不満げに唸る牛蛙が邪魔をして、
田植えに加えてもらうのは、秋に稲刈りを手伝った農家だ。生ぬるい泥水に裸足を入れるときは目をつむりお腹に力をいれる。

土手での草刈りは虫や生き物がまず目に入るが、泥田の中にいるものは確かめも想像もできないから息をつめて勇気を出すしかない。

苗を持つ手を泥の中に突っ込み、別の感触に出会わないことを祈る作業だ。農家では男の人たちがみんな戦地へ行き、お年寄りと子供がおかあさんの手助けをする。

仕事が終わると、「ありがと。えっとテゴしてくれちゃったけなあ」と、秋の手伝いの時にも頂いた真っ白いおにぎりを配ってくださる。うれしい。口いっぱいに温かさを頬張り、甘くてやさしいお米の香りを吸い込む。

お味噌汁の具になるシジミ貝を近くの〝どぶ川〟へ取りに行った。笊と小さなバケツを下げて村の子供たちに付いていく。膝下くらいの水位で腰を曲げ笊で掬った砂の中からシジミを選り出す。時間はいくらでもあった。足だけでなくほとんど全身を汚して意気揚々と帰り、井戸のポンプを押して貝を洗いながらまた水遊びになる。近づく夏を心待ちにしながら。

義兄は南の島の戦闘で左腕を失っていた。

しかし文鎮の重みだけで書く文字は整い、片手で四角にたたんだ布団は押入れに一呼吸で納める。男らしく明るい義兄を私は尊敬していた。足手まといの義妹たちを引き取りやさしかったのは、姉への強い感謝と、女きょうだいを持ったことがない物珍しさもあっただろうか。

勤務先の市役所や公式な場では、左肩に革製のベルトを着け、重い義腕と接触する切断面の皮膚に薄い木綿布を当てる。袖口から出る義手を白い手袋で覆って国防服を着る端正な姿に、汗ばむ夏、疼痛の冬の毎日があることを知っているのは姉だけだった。

浴衣姿の義兄の左袖は空っぽだ。私はその袖を掴みながら腕がないことを意識できない自然な日常だった。闊達な義兄は、女きょうだいのなかで育った弟に、幼さへの配慮より歯がゆい思いを抱いていただろう。

本家のお祖父さんは、そんな弟を気にかけて下さっていた。四人の息子すべてを戦地に取られ、一人は戦死、一人は左腕を失い、もう一人は行方不明、という辛い経験をされている。剛毅な方で弟に男らしく、という思いから、時に厳しい声をかけ、時に励ますそぶりを見せられた。

井戸の傍、ナスビやキュウリやトマトが漂っている桶は姉のもの。本家の桶には、お祖父さんが畑から持ち帰られた大きなスイカがぽかっと浮いている。今日はスイカをご馳走してくださる、きっと。

お祖父さんのお声「おーい、集まれ！」を待ちかねて井戸に近い勝手口から出たり入ったりする。

お祖父さんはスイカを十数人分に切り分けると、本家の子供たちより先ず弟に「お前が一番強い男の子だ。一番大きいのを取れ」と選ばせてくださる。弟が戸惑っていると、「一番の男だ、遠慮するな」と怖い笑顔でおっしゃる。

思えば、四歳で母と離れ全く違う環境で甘えるすべもなくおもちゃもない。歌舞伎の真似で持っていた刀も実家に置いてきた。どんなに淋しく悲しくやるせなかったことだろう。でも私は自分一人の世界に没頭し、社交的な性格の妹は外で遊びの友達をつくる。戦時の緊張した生活環境では誰も、淋しいね、遊びたいね、と弟の心情を気遣うものがいなかった。くよくよしおれているのが男らしくないから、男兄弟だけで育った義兄には意気地のない子とうつっていた。

毎日縁側へやってくる七歳のリョウちゃんは、「おえんなあ、またはぶてとるんな。ほうときんさい」と、甘えん坊の自身を忘れて、私の弟には情け容赦がない。

拗ねて泣いて叱られて、ある時行方がわからなくなった。

総出で探し回り、暗くなる頃、村の人が防空壕のなかで眠っている弟を見つけた。きっと泣ける所に隠れて思う存分泣き、泣き疲れて寝てしまったのだろう。みんなはほっとし、可哀そうにと思いながら、弟の淋しさ哀しさをそれ以上深く思いやることはなかった。

姉たちは必ずしもやさしい存在ではない。扱いに困って二言目には「男の子でしょ」、で終わらせる。あの時代と環境が違っていたら、活き活きと明るい子だったかもしれない。

それにしても、祖母を失ってのち訳もなく泣き始め泣き止まない私だったはずだ。なぜ疎開地の小さな弟にその頃の自分を重ねてみなかったのだろう。一人遊びで自分の世界に浸り「孤独」の豊かさをむさぼっていた私は、弟の思いに入り込めなかった。私の心の〝成長〟は現実を避ける退化でしかない。

姉の婚家の親戚にあたる中学校の校長先生が新しいお嫁さんを迎えられることになった。

真向かいのお家だったので、私たちが疎開してきた盛夏の頃に一度、結核療養中の奥さんが庭に出られる弱々しいお姿を二階の窓からお見かけしたことがあったが、そのあとすぐ亡くなられた。私より二歳下のリョウちゃん、中学一年のお兄ちゃんがいた。お兄ちゃんは会うといつも顔を赤らめ恥ずかし気で、リョウちゃんはよく笑いよく喋りよく甘えるとても親しみやすい子だった。学校から帰るとたちまち「遊ばん？」とやって来る。

春先、「あさって新しいお嫁さんがこられるけえ、ぜっぴ、てるちゃんに三三九度の巫女さん役をしてもらいたい、ってお願いされてるんじゃ。えかろう？」と、本家のお祖母さんからお話があり、姉は私に相談もなく承諾した。絶対イヤだと言い張る私を「おめでたいことよ、喜んでもらえることよ」と説得し所作を教える。

当日、もんぺ姿の女の方二人が大きな風呂敷包みを胸に抱いて、芦田川の大橋を渡って来られるのが二階の窓から見えた。私は倒れそうな思いで、服装を整え姉に連れられてお向かいのお家にいく。

お座敷にご家族親族が並ぶ簡素な式のなか、私はお雛様の官女が持つ金色の柄杓の特大を掲げて、校長先生とお嫁さんの前に進みお盃に御神酒を注いだ。リョウちゃんのいっぱいに広がっている笑顔、お兄ちゃんの上気した顔、御神酒をこぼさなくてほっとしたこと以外、執り行われたあとさきを何も覚えていない。

新しいお嫁さんはとてもきれいな若い戦争未亡人の方だった。

翌日、ご夫妻は細工の美しい手箱を私へのお礼とおっしゃって持ってきてくださった。箱の中には紙幣を包んだ紙があり、姉は、こんな高額を、と困り顔だったが、私はその箱に大事な手紙をしまえるのでとてもうれしかった。箱根の寄せ木細工、城崎の麦わら細工の手箱を実家に置いてきて、手元に美しい箱がなかったのだ。

その頃、とうとう私と妹の頭に毛虱が付いた。

男子は幼児から大人まで丸刈り時代だが、おかっぱ頭の女生徒の間では早くから噂が広がっていた。黒い小さい生き物が自分の髪の毛の中に棲む？　考えられないことだった。

姉の仕事がまた増えて、二日に一度くらい新聞紙を拡げた上に私と妹は頭を差し出し、姉が柘植の櫛でしっかり根元から梳く。紙の上に落ちた虫が動くのは見たくない。頭にかゆみがあったかどうか覚えていないが、姉はご近所で聞いて、私達の頭皮に酢を擦り込み布で頭をしっかり包む方法も試した。

やがて下着に虱が付いた。これは白くて裏の縫い目に食いついている。どこから来るのか分からないが姉は毎日湯を沸かして、この気味悪い小さい虫の煮沸退治に時間を掛けなければならなかった。

疎開に来るまで私達子供は、夜寝るときは「コンビネーション」と呼ぶ上下繋ぎの下着を着用していた。寝相が悪くてもお腹や背中が冷えない形だ。もしそれを持ってきていたら、こんな時どんなに難儀なことになっていただろう。虱や蚤がいる暮らしは本の中のはず。下着を裏返して仔細に調べる自分の姿にぼんやりする。苦情も言わず作業をする姉を見るのも悲しかった。独身時代はマレー語の習得の様子が「紅一点」として新聞記事になったこともある華やかな姉。

低空飛行の機体が、警報のサイレンを消す爆音で飛び去る日を経験するようになった。大人達の話では軍港のある呉を攻撃するのだろうと。福山は呉に近いが敵が狙うような施設はないから大丈夫、と言い交わしている。

大阪空襲でも実家は焼け残ったという知らせを受けていたが、疎開一年目の八月、日本中の都市が空襲で悲惨な有り様になっていることを大人たちのひそひそ話の断片から聞きかじっていた。そんな筈はない。神国日本はもうすぐ勝つ！　必ず勝つ！

疎開前、モンペに真新しい割烹着を着けた母やご近所の婦人達が、「国防婦人会」と書いた大きなタスキを肩から掛け、バケツリレーの練習のため通りに集まったのを見た。出歩いたりお喋りしたりしない町なので、お互い見知らぬ同士の集まりだったかもしれない。町にいくつか置かれていたコンクリートの防火用水から、バケツに汲んで受け渡しの訓練をする。しかしあの水、どこへ流していたのだろう。

八月七日、勉強を済ませて子供達は勢い込んで川に行く。ぬるんだ浅瀬で川上に向かって腹這い、口に流れ込む水を吐いたり吹き上げたり。そして、そろりそろり胸まで浸かる深さまで行って無事に戻ると「えかった、えかった」と喜び合ういつもの時間だった。

昼前、姉が大急ぎで呼びに来た。「昨日広島に大型爆弾が落ちて大変なことになってるそうだからすぐ帰りなさい」

まだバクダンを身近に知らない日だった。

その前日の八月六日広島に落ち、八月九日長崎を襲った不気味な爆弾が原子爆弾だと知るのはもっと後のことだ。


空襲の恐ろしさを肌身で知ったのは新型爆弾の噂を聞いたその翌日、福山奇襲だ。

一九四五（昭和二十）年八月八日夜半、すでに寝るはずの時間に起きていたのは警戒警報が出ていたのだろうか。突如空襲警報のサイレンと共に暗闇の頭上に無数の機影が爆音と異様な響きをともなって飛来した。


窓の外、川向こうの町に立ちのぼり広がる炎。

「町が燃えよる！」村の人たちが叫び交わし私たちは庭の防空壕に走る。入ろうとすると息を切らした姉に「てるこは蚊帳を取ってきなさい」と指図された。私は二階に駆け上がり、寝床の上にすでに張ってあった蚊帳の四隅の吊り手を引き千切るようにして腕に抱え込む。

そのとき――閃光と揺れ。

私はうつ伏したが、すぐさま蚊帳を引きずって防空壕まで運んだ。一年間の疎開生活で十歳の私も少しは雑用がこなせるようになっていた。しかし何故あんなときに大慌てで蚊帳が必要だったのだろう。

防空壕には本家の人たちも合わせて十二、三人が身を寄せ合った。壕から首を出した本家の四年生坊主が叫ぶ。「テントウ木が燃えよる！」。本家の地階入口近くに聳えている大木だ。「焼夷弾が落ちたんじゃあ！」

そうだ、あの揺れと閃光はテントウ木に焼夷弾が落ちた瞬間だったのだ。

B29の大編隊が去り、私たちは恐る恐る壕から出て庭に並んだ。築山に立つと川向こうの中空を、黒い幕が、チカチカする火の粉を包んで揺れ動いている。

本家のおばあさんが「天守閣が落ちようてじゃ！」と仰って福山城の方角に手を合わせられた。遠方にひときわ高く上がる炎を私達も思わず拝む。真夏なのに何故か寒くて足元から震えた。

間もなく、暗闇の中、芦田川の神島大橋を一団となって逃げてくる人々の群れが見えた。火の海の市街地からのがれてきた人達は、突然降り落ちる焼夷弾に囲まれた恐怖をほとばしるような口調で語り、被っていた焦げ跡のある筵を放そうとしない。とっさに水の中に浸けた筵一枚だけを持ってこの村まで走り続けてきた。

ほんとうにさっき福山は爆撃されたんだ！　お話じゃないんだ。本当なんだ。

川幅の大きい芦田川に隔てられて私達の村は助かった。

その日から二日ほどして姉は私を連れ乳母車を押して町へ出た。

歩いて行く先々で、ゴムがくすぶったり麦が焼け焦げたようなにおいや濡れた布から煙が地面を這う光景が連続していて、学校は形がなかった。夏休みだから授業日の心配はないが、高い所に聳えていた福山城も消えた。

道端で時々見かけた、子供たちが「ヘート」と呼ぶ弱々しいお年寄りの姿が無く、無事に逃げられたか振り返りながら町を歩く。

焼け跡で遺体を目にするわけでもなく負傷者にも出会わなかった子供の私は、火が収まったあとの動きのない情景から、どこまで町や人々の苦痛を知り得ただろう。

「ここも焼けた」「ここもない」と呟く姉の横について歩き、空襲が生んだものをぼんやりと目の中に入れていたに過ぎない。

空爆から数日後川原に下りると、四枚の羽状の物が付いている大きな金属を見つけた。ひっくり返すと頑丈なテーブルになる。焼夷弾の尻尾だ、と聞いた。私達はその周りに座って石ころや草花を並べ、すでに恐怖の急襲を忘れていた。

「川に入っちゃいけんよ」「遠くに行きんさんな」と、土手の上から通りがかりの大人が声をかける。平和な村の子供たちは空爆前の日常に戻ったが、大人は警戒を解いていない。川の中や河原に不発弾や危険なものがあるかもしれない。今日また何が起こるか分からない。

水に入れない私達は土手の草むらを夏休みの滑り台にして、お尻にゴザの切れ端を当て滑っては上り、上っては転がり、はしゃぎ、遊ぶ。

◆敗戦

八月十五日昼近く、川に居た私たちを姉が「何か大事な放送があるから」と呼びに来た。

姉のお嫁入り道具の一つ、ラジオの前にご近所の方たちが並んで座り、子供たちも後ろの方で神妙に待った。

正午、ラジオから重い、上げ下げの強い声が流れ始めたが、聞き取れない。しばらくすると大人たちのすすり泣きが右から左へ、左から右へ伝播していく。子供には何が起こっているのか分からなかったが、村の人たちが引き上げると、姉が静かに「日本は負けたの」と一言呟いた。

えっ、どうして負けたの？　どうして知らない間に負けるの？　もう負ける、って誰かが教えてくれてたの？　玉砕は？


その頃の大人達の日々の暮らしがどのように見えていたのか分からない。

夏休み中で先生から話を聞くことも友達と確かめ合うこともなく、うら寂しく漂うように過ぎていったが、あちこちに丈高く咲いていた夾竹桃の紅い色と、夕暮れの土手に群れていた月見草の黄色は鮮やかに目の中にある。

その二週間後、五年生夏休み最後の日、突然「母危篤」の連絡があり、私たちは大混乱の中思いがけない帰郷になった。

京都の伯父がリュック姿で現れ、明日の朝一番に出る手配を姉に伝える。義兄は、焼けた市街地の役所で離れられない仕事がある。

実家では出かける時「いってまいります」の挨拶に、「いってらっしゃい」「おはようおかえり」と、送り出された。

福山の親しい仲では「いってきます」に「行って帰り」と答える。ぶっきら棒にも聞こえるが、無事に行って無事にお帰り、の思いがこもる。大阪への帰郷はあまりにも急な出立で誰にも挨拶できず、「行って帰り」／帰ってらっしゃいね、と応えてもらえないまま離れてきてしまった。

町に住む友達が被災せずに無事だったかさえ知らないまま、私はその日福山と別れた。

一年間の彩り豊かな思い出を私の中に刻み込んで、田舎の四季はちょうどひと巡りしていた。戦時の最もきびしい一年間だったのに、幸運がくれた環境、新鮮な日々に湧き出す好奇心は、私に一瞬のホームシックさえ呼ばずに過ぎていた。

――戦後六十五年経った頃、私は福山の人権平和資料館を訪れ、空襲体験を直に語ってくださる年長の方にお会いしたいと願ったが、当時大人だった方達の多くはご高齢で不自由になられたり、亡くなられて、お目にかかれる機会はなかった。

焼け跡を姉と言葉もなく巡り歩いたあの二日前、その人たちに降りかかった弾や炎の情景を逐一聞くことではなく、それを体験した生身の人にしみじみと温かく触れたい思いが強かった。

私にもう少し早く自由に使える時間があったら、立ち止まって振り返り、心の奥に沈んで解きほぐせずに在るものを考えることができただろうか。

忙しい時間の人生を不足に思わず過ごした者が、今、消えかかるあれこれに気付いて不器用に手を伸ばす。

まだこの手で触れることができる何かがあるだろうか、と。

V　帰郷

八月十五日の敗戦から急きょ帰郷の日までの二週間がどのような毎日だったか、私の中に画になるような回想場面がない。

日常生活は、警報のサイレンを聞かなくなったこと以外、ほとんど何も変わらないが、目的が見えず張りを失った大人の姿勢は子供たちにも伝染した。

義兄からも姉からも本家の方達からも「敗戦」を理解できるような話は一言も聞かされない。訊いても大人を困らせるだけだ。分かっているのは、日本は長い間戦争していた、でも急に止めた。

負ける、ってどうなることなのだろう。

家で義兄の姿を見なくなっていたのは、被災した市役所に詰めていたのだろうか。「軍国」を信じて奉仕し片腕を失った義兄に、「敗戦」が告げた無残なものを思うと、義兄と顔を合わすことが殆どない日常が私には有難かった。

そんな中、突然、伯父が京都から「母危篤」の知らせを持って私たちを迎えにきた。そしてそこからまた私の記憶は鮮明になる。夏休み最後の日だった。

汽車も乗れるかどうか分からないと聞かされるが、ほとんど何も持たないで翌早朝、福山駅に急いだ。姉は生後八カ月の長男を背負っている。デッキまで人が溢れている汽車が駅に止まると、暑さのせいで全開だった窓に伯父は私たちを抱き上げ突っ込んだ。伯父に庇われた姉が乗車口から押し込まれて来てひとかたまりになる。伯父は窓を閉め、子ども達の上に乗りこんでくる男達に蹴飛ばされるのを防ぐ。

一、二等車しか知らなかった私達には活き活きと不思議な体験だった。駅毎に大騒乱が起こったがケンカの声などは聞かなかった。

敗戦二週間後の汽車である。何が何でもこの汽車に乗らなければならなかった人々の厳しい思いを積んで、真夏の駅を走り継いで行く。

人の上に人が載ったかもしれない状況で、私は母の危篤もよく理解できないまま、車窓に流れる須磨、明石の浦を、旧訳『源氏物語』に心を寄せて別の次元で見つめる。

それは九月一日だったか、大阪に着いて白いヘルメットの占領軍兵士が数人笛をくわえ交通整理をしているのを見た。欧州人インド人は父の仕事の関係で見知っていたが軍服の人は初めてだ。日本の兵隊さんとは違う体格、雰囲気が街を変えている。占領の実態をまだ知らないのは子供だけではなかった日だ。

二階の奥の間に母は床をとっていた。私たちは次の間に並んですわり挨拶する。母はか細い声で姉に言った。「この子たちのこと頼みます」

「何言わはりますの。お母さん、私はもう嫁いだ身ですえ」

重く湿った空気を裂く姉の声に温かみはなかった。姉はこれ以上まだ背負わされる苦痛と、母へ生きる自覚を求める厳しい思いを隠せなかったのだ。十歳の私でさえそのとき、使命感の強い姉に甘えすぎる母を咎めたい思いがした。

身勝手な結婚で両家から絶縁されて子供達を産んだ母は、社会を知らないまま家庭を作ったため外での交流に自信がもてず、子供達の学校行事にも一切出ない。父か女学校卒業後の長姉が代わりに出席した。その頃から雑事は使用人に、責任のある事柄は姉に頼るのが当たり前になったのではないだろうか。

私は、疎開先で姉がひそかに耐える姿を見てきている。二十二歳で妹弟を預かり、医院もない村で長男を産んだ。

生後間もない乳児を乗せた乳母車に着物や帯を隠して、本家にも悟られないよう明るい顔で、食糧の調達に見知らぬ村を歩いていただろう。

戦地で片腕を失った人を守りたい一心で親の頑強な反対を押し切り、大胆にも無知にも全く見知らぬ田舎に姉は嫁いだ。時代の先端にいた都会育ちの贅沢な娘が、大八車を連ねて嫁入り道具を運んだ先は、旧習の村社会だった。姉の結婚式、豪華な嫁入り道具類は分厚いアルバムになって残されている。

あまりにも違い過ぎる縁組に、華やかな女性がなぜ片腕の無い男性に嫁いできたのか、と、村人、ひいては町中にまで心ない勘ぐりをする人たちがいたという。

知る由もない慣習、偏見のなかで、幼い妹弟三人を引き受け、本家や村の姻戚関係に気遺いながらの戦中一年間はどんなに苦しかったことか。愚痴も相談にも相手のいない環境であった。

いつも誰かに守られてきた自覚さえない母には、姉が溜め込んできた苦い涙を想像できない。強い意志と積極的な愛情、犠牲と忍耐の献身で私たちは支えてもらった。私には到底できない姉の強い生き方への尊敬と感謝は、時を経るなかで深くなる。

父が「床の間の飾り物」と揶揄し、母が「世が世ならあんさんは廊下に膝ついて、もの言わはる身どすえ」と「平民」と「士族」の違いを嫌味で返した仲だ。東男の長男と、跡取り娘の京女は十六歳の女学生だったとき駆け落ちし、両家から勘当された。「士農工商」の封建社会の身分観念が、浮沈する父の生活基盤に頼って生きる母を支える唯一の矜持だった。

敗戦で民法はやがて改正された。しかし帰郷一年後に私が提出した私立中学受験申請書には、まだ士農工商の身分を書き込む欄が存在していた。

母は当時医療機関では手に入らなかった抗生剤や栄養剤を、個人で保有していた父の知人達から譲り受けて数カ月後奇跡的に回復した。

結局私たち子供はそのまま実家にとどまり、国民学校から元の小学校へ名称が戻る学校生活を始めていた。焼けた疎開先の学校でどのように二学期が始まったのかも知らず、仲良くしてもらった友達へのお別れ、お世話になった本家の方々にお礼も言えないまま、呆気なく疎開は終了したのだ。

◆おふみさんとお志津さん

疎開から帰ってしばらくしたころ、おふみさん、お志津さんという手伝いの人が入った。私が覚えているそれまでの人たちは、おかねさん、おうめさん、おたけさんだが、まつ、たけ、うめ、という名前は本名ではなく、引き継いだものだったらしい。

お志津さんは多分十五～十六歳だったと思う。年があまり違わない姉が手なずけていて、私が何か頼んでも「上のお嬢ちゃんが呼んでらっしゃるので」とすり抜けて行く。

おふみさんは敗戦で沖縄から逃れてきたと聞いた。

言葉が違っているので妹弟はからかったが、私にはとても興味深かった。言葉への感覚は読書量から得てきたが、アクセントの違いは東京弁、大阪弁、京都弁、福山弁で経験したにすぎない。

標準語が私にとって楽だったのは、八歳の頃、父が国語の教科書に合わせたアクセントの本を入手して、私に「正しい日本語」で音読するよう意識させたせいだと思う。やさしく響くから、と特に鼻濁音に注意させた父は、結婚後関西で暮らしながら生涯まったく関西弁を使わなかった。

おふみさんは私たちが寝る前、物語をしてくれる。ときどきキセルで煙草をそっと吸っている痩せた中年の人だったが、イトマンという地名を聞いたように思う。

そこでは男の子たちが小舟から投げられる小銭を拾うために海に飛び込むのだが、腰に縄をつけて戻って来るのを助けてやる、と言いながら、おふみさんは帯の下から腰ひもを引っ張り出してキセルにそれを結び付けポーンと畳の上に投げる。言葉はあまり通じなかったが、熱い語り口と動作で、海と小舟とふんどしに縄をつけた幼い男の子たちが目の前に躍動した。

小さい時から本のなかの異国へ想像をふくらませてきた私は、目の前で聞く、分かりにくい言葉に惹きつけられた。おふみさんはもっと不思議な話、心に染みる数々の郷土話をしてくれていたかもしれないのに、私はうちわの風を送ってもらいながら、寝床の枕元から雲散霧消させてしまった。

言葉を知らなければ伝わるはずの大きなものを失う。

おふみさんは私たちが避ける目刺しやイワシの内臓を「おいしいよ」と教えてくれたが、今たまに買う「うるめ丸干し」をおふみさんを思いながら頭から齧ると、苦いどころかとてもおいしい。大人の舌になったのか、当時とは製法が改良されたのか。やっぱり……寂し気で、ぎこちない言葉で一生懸命だったおふみさんが懐かしいのか。

冷え冷えする夕方、十歳くらいの男の子がお志津さんを訪ねて来て勝手口でひっそり話をしていた。母が見かねて「上がっておもらい」と声をかける。

迷惑、と勘違いしたのかお志津さんが「もう帰り」と男の子の背中を押すのを、母はその子の手を引っ張って、家族と使用人が一緒に座る十二〜十三人用の食卓の端に座らせた。

丁度夕飯時で、母はその子の前にも食器を並べた。お志津さんも弟も涙を溜める。弟はどんな事情を姉に告げに来たのだろう。空腹であったことは私にもすぐ分かった。お志津さんは母に繰り返しお礼やお詫びを言い、弟にはやさしく「頂きましょ」とすすめ、二人は食事をしながら何度も涙を拭った。

私は姉弟に通い合う辛さと悲しみと温もりに胸を衝かれ、涙が筋を引くこの男の子も一緒に暮らせたら、とこみ上げたことを忘れない。

◆新聞

小学生雑誌は子供たちそれぞれの学年のものが毎月届いた。

三、四社から配達されていた新聞を、私は子供新聞をとばして、母に隠れて読む。見つかると取り上げられる。

突然開放された時代の新聞連載小説に、美しいものは何もない。内容も文章も挿絵も、心を捉えるものは何もないが、読みたい好奇心がある。

◆お稽古事

小学校六年生の夏、念願だった裏千家茶道のお稽古に通うようになった。

まだお小さいので、といったん断られたが、一度でお点前の手順を覚える私を先生は喜んでくださった。大人たちは「子供なのにどうしてすぐに覚えられるの」と訊くが、私は心の中で「大人なのにどうして覚えられないの」と不思議におもう。

「お花はやはりもう少し大きくなられてから」と、叶わなかったが、お姉さん達が油紙にくるんだお花を胸に抱いたり手に下げたり、さざめきながら道を行く様子に私は憧れていた。

「目」一文字でサガンとお読みするお屋敷で、跡継ぎの弟さまが戦死され、ご主人を亡くされたお姉さまの先生がご実家に帰られて、お茶とお花を教えておられた。

姉や友人達が戦後間もないのに着飾って華やかなお稽古場だった。特に背までの豊かな髪に大きなリボンのひときわ愛らしい人が、着物の袖を重ねたり広げたりしてお話をするさまに惹かれていたが、一年程して私の中学の不人気な教師の許嫁と知った。何て勿体ない、と子供心に収まらなかった心境が甦る。

一度お手洗いをお借りしたことがあった。引き戸を開けると四畳半ほどの畳敷きのお部屋で、その中央に漆塗りの便器が見えた。立ちすくんだ私は、畳に怯えてそのままお稽古場に引き返してしまった。

あのお手洗いは、裳裾を曳く女人が腰元を伴って、或いは着替えに？　驚愕と不安を覚えた閉じられた広い空間。

ある日、中年女性がお正客で来られた。主菓子《おもがし》の器が回されその方がまずお懐紙に取られる。切られた羊羹がきれいに積まれていたが、その方は一番下の一切れをさっと引き抜かれたので上の段が斜めに落ちてしまった。あっと驚いたのは私だけではない。先生のお顔をそうっと見ると困惑を噛み殺していらっしゃる。甘いものが欠乏している時代だったから、少しでも厚い一切れを望まれたのだろうか。しかし、お茶席で？

いくつもの広間、小間、が庭園を巡って廊下で繋がり、お点前の内容によって使う部屋が代わった。水屋にも小さな吊花器に季節の花が活けられていて、私は姉や年上の人達がにぎやかにお喋りしている時も一人離れて、あちこちのしつらいに引き込まれていた。日常の伝統文化への憧れが私の中に棲みつくきっかけだった。

それより早く毎週書道の先生が家に来られるようになり、同時に日本画も始めた私は字も絵も大好きだった。

書の先生の字は品格があって絵画にも通じる伸びやかさに、尊敬の思いで朱を入れていただいていた。まず学校のお習字と違ったのは、小筆も太筆もすっかり根元まで水の中で解きほぐして固い部分を無くすことだった。すると筆は存分に墨を含んで、穂先しか使わないのにたっぷりと勢いのある字を書いてくれる。半紙の下に羅紗《ラシャ》。脇は張って筆は真っ直ぐに立てる。


日本画は日展審査員中村貞以画伯のお弟子さん、小川雨虹先生に個人で習った。

火鉢で膠《にかわ》を炊くと母が袂で鼻先を押さえる。溶けた膠を胡粉に混ぜ込んで絹地に伸ばし下地を作る。色を見るのが好きな私は、色鉛筆、クレヨン、パステル、絵の具チューブなどが二段三段に勢揃いしているのが好きだ。しかし初心者用の顔彩は白い小さな四角い皿に入った十二色が並んでいるだけなので、足らない色は先生が膠で溶いた岩絵具をご自分の筆で描き足して下さる。

大事なのは、絵筆、面相筆で縦横斜めの運筆を繰り返すことだった。線描は輪郭線や髪の毛を描くのに欠かせない。私が十三歳で絹地に描いた「少女」の画の写真を見ると手が小さくて無様だが、髪の毛は先生が描いてくださったからとても美しい。美人画が得意な雨虹先生は日本舞踊をなさっていたようで、何となく女形の雰囲気を漂わせる若い美男だった。

——何十年も経って、日展審査員になられた雨虹先生の個展に偶然巡り合った。着飾った数人の中年女性が白髪の粋な先生を囲んでいて、会場係は幼かったお嬢さんの侑子さん？　しとやかな中年に懐かしい面影がある。先生は少女の頃の私をはっきり思い出せないようだったが、展覧中の美人画の絵葉書数枚に署名してプレゼントしてくださった——

すでに声変わりしていた姉は小郷先生の出稽古を受けていた。私は廊下に座り込んで、部屋から洩れるピアノとドイツ語の歌詞に耳を澄ませ、シューベルトの『水車小屋の乙女／朝の挨拶』はひとりで歌えるようになる。

声が同質の私達姉妹はボーイソプラノの弟との三部合唱で、主張し合う日常もひととき和んだ。（——私の息子が「遺伝した声質」で十二歳ころまでお風呂で歌うのを、ご近所では私の歌声と噂した——）

七歳から始めたピアノや長唄花柳流の踊りも疎開から帰って再開した。

ピアノ教師のエビスダニ先生は好きになれなかったので、姉妹間で、パーマの髪を「キャベツ」、胸の派手なポケットチーフを「にやけ」と、陰口した。

先生は、両親の前では搗きたてのお餅。私達のピアノの横に来ると角張った石に変わり、嫌味っぽくハンカチを出して大きな不協和音を立てながら鍵盤を端から端まで拭く。「拭いてあるのに……」と、乱れる気持ちで始めるレッスンでは、鍵盤に載せている私達の手を上から叩いて指導。まあ、姉妹揃って練習不足でしたからねえ。

おけいこで外へ出るのは、踊りは音の鳴る板舞台が必要だったし、お茶は多様なお道具類も学ぶためだった。

踊りは月のうちに数日つめて習う仕組みになっていた。

小さな御所人形が散る絵柄の赤い縮緬風呂敷に、浴衣、三尺帯、足袋、舞扇、日本手拭いを包んで行く。

姉は、「手習子」、「汐汲み」、「三面子守」などを習っていて、私は、「菊尽くし」から始め、「羽の禿」、「藤娘」で、よろけずに板を踏み鳴らし耳にシャキッと高い音を響かせることが難しかった。

それ以上に「ほら、また、テレコになって」とおっしょさん（師匠）が私の手足の無様な連係を苦笑いされる。運動神経が鈍くてリズム感が手足に伝わるのが遅れるのだ……

おっしょさんの口三味線が少し粗くなる。

お稽古では細い竹の棒が肩に担ぐ藤の枝や汐桶棒の役をした。


姉の友人のイクタさんもごいっしょだった。一回り齢の離れた「いとさん」と「こいちゃん」の二人姉妹で、やさしいお姉さんとまだ五歳の秘蔵っ子。こいちゃんの盛大な無邪気さと悪戯に私はいつも興味津々だった。「金魚」などをおけいこしていたが、大抵途中で「イヤ」と言って降りる。きびしいおっしょさんもお手上げで、いとさんはひたすら恐縮する。こいちゃんは足袋のコハゼを留めてもらうとき、投げ出した両足をゆすって手元の邪魔をするのがたのしい。

電車に乗ると後ろ向きに立つ見知らぬ人のセーターから愛らしいほっぺたをふくらませながら、毛糸の毛羽をむしって集める。とめようとするお供のねえやには「あんたは帰りッ！」。

◆水泳

帰郷から一年後の夏、浜寺（大浜）の水錬学校へ通った。最初の夏は海から上がる度に、砂浜に腹這って泳ぎの形を体得し修正される。

潮の匂い、松林の風、砂の感触、開放感。

朝早く家を出て電車を乗り継ぎ往復するが、昼過ぎに帰宅するまで飲み物も持参していない。あの頃の夏は穏やかだったのだろうか。

母が白いさらし布に長い紐を通した袋を作り、父が墨で勢いのあるローマ字でデザインのように名前を書いた。その中に水着、帽子、タオル二枚を入れて肩から斜め掛けして通う。誇らしい夏休みだった。

その次の夏も喜び勇んで古式泳法の訓練に参加した。

最終日は浜から一キロの遠泳だった。

女の子のカエルは船上から見て美しくないので横泳ぎ、男子の抜き手は遠泳には向かないので平泳ぎが基本だった。疲れにくく太鼓にも合わせやすい泳法である。

和船に乗った指導員が太鼓を打ちながら熱い掛け声で、赤い帽子白い帽子の三十人ほどの子供たちを励まし勇気づけ、前後左右にも監視の指導員がついて状況を確認しあう。

私は波を越え飛沫を浴びて湧き上がる力で泳ぐ。海は軽く波は体を運んでくれる。完泳したが、砂浜に上がるときは粘土の中から足を引き抜くような力が要った。

街に夾竹桃の紅い花が咲き始めると、終戦を知った空虚な日々を思い出す。夏ごとに夾竹桃は私にとって敗戦の花として蘇るが、秋の気配が漂う頃になっても花はまだ高い梢で縮んで咲いている。

日本中どこでも咲くのだろう。白花の大木が増え、紅白並んでいるのを眺めると、軍国から解放された日本の敗戦を祝っているような……。

◆戦後二年

中学入学の年。国民学校第一期生の私は、また新制中学校第一期生となり、天皇を現人神とする軍国主義から主権在民の平和民主主義に転換したばかりの教育を受ける。私の世代しか学び得なかったことと、時代が変わる回り道のなかで、抜け落ちてしまったことがある。

歴史的仮名遣いが廃止され現代仮名遣いを習う。新仮名にしっかり慣れるまで二、三年かかったと思うが、敗戦を挟んで新旧を自然に吸収できる年齢であったことは幸運だった。古典、戦前戦中の作品も読めて、旧独特の文字、字面の味わいにも親しめる。

一方、日本史の知識は寸断され掻き混ぜられて、記憶が狂ってしまった。いわゆる「教科書墨塗り」の時代に学んでいる。日本地理も危なっかしい。

数え齢十三歳で「十三詣り」をする。京都嵯峨の知恵と福の虚空蔵菩薩に詣で、大切に思う一文字を半紙に筆で記しご祈禱を受ける。「愛」は思春期の思い付き（――私の子供達はそれぞれの十三詣りで「志」「優」を納めた――）。

帰路は授かった知恵を返さないよう振り返らずに慎重に歩く。

敗戦から立ち上がる街々で、傷痍軍人の方達が白い傷病衣に陸軍の戦闘帽を被り、失った体の部位をさらすように道端に坐して物乞いする姿を見かけることが増えた。傷痍軍人ではない人達もいる、との噂も聞く。

何故か、空、海軍からの帰還兵に見える人はいない。旗を打ち振って、命を懸けた戦場へ送り出された男性達。戦勝時は名誉であった障害を、打って変わった世は無視する。

戦時、子供たちは心を込めてその人たちを讃え「……**お国のために傷ついた兵士を守り僕たちは……**」と、歌ってきた。

そして私はまた、「……**たそがれ野戦病院の　ベッドにうめく兵《つわもの》を弟のごとく慰めて巻く包帯に血はにじむ……**」と、まだ八、九歳であっても、すでに献身的な看護婦の気持ちで傷病兵への思いを歌っていた。

教科書の内容の変化よりももっと具体的に露骨に、子供達は〝新しい〟世界を教えられる。

敗戦は傷病兵から生活の手段を奪っただけでなく、誇りを貶めた。

悔しいでしょう、情けないでしょう、悲しいでしょう、と、私は目をそむけずにはいられない。道を行く人たちは、惨めな敗戦の実相を彼らから突きつけられる辛さに、足早に通り過ぎようとする。

ラジオから英語の歌やジャズが溢れ、価値観や文化が混迷するなか、父は私達を大声で発散できる甲子園球場に誘った。川上の赤バット、大下の青バットに歓声を上げ、夏の高校野球を開会から閉会まで、汗まみれで観戦した年もある。

舞台の復活が遅れていたころは映画が主体だった。米国映画『心の旅路』は家族全員で着席して観たが、急に父に誘われたルナール原作フランス映画『にんじん』は超満員で、中学一年の私は父に背負われて観た。苦悩から自殺を図る少年に向かい合う父親が、観客の頭の隙間から映る。

帰り道、書店に寄り、きれいな和装の詩集「佐藤春夫『佐久の草笛』」を見つけて買ってもらう。潤一郎夫人を巡る事件を読んでいたが、春夫が綴る詩への関心ではなく装丁に惹かれた。一葉、鷗外、潤一郎や泉鏡花の、途中でページを閉じることができない流れるような文体とは、別の作品であるのは知っていた。

小学六年頃から、歌うことより藤村、朔太郎、達治の詩の暗唱に夢中になった。中学に入って『万葉集』や斎藤茂吉の端的な美しさに揺さぶられ沁み込んだ数々の短歌は、今も、暮らしのなかで心状、情景に触発されて思わず口ずさんでしまう。記憶力はどのように働くのか。中学三年で受けた知能指数検査は学年一の数値だと知らされるが、それは関係する要素だろうか。

◆物作り

我流で人形作りに没頭していた。『狭き門』『勿忘草《わすれなぐさ》』の主人公たちの美しい心象を形にしたくて、名前もそのままを付ける。

アリサ、ジェロームと、ベルタ、ルドルフ。

戦後、まだ街ではリボン一本も容易に買えなかったが、制作の布地に困ることはなかった。父の古い雑貨サンプルから綺麗なレースやビロードを思う存分使えたのだ。顔や体は姉の古ストッキングと綿花、長い脚は新聞紙を筒状に丸めてストッキングを被せ、その上から衣装を着せた。五〇センチくらいの大きさだったろうか。四人を抱いて写真館で写している。

謄写版にも熱中した。私の十三歳の誕生日祝いに父に買ってもらった謄写版の一式にはロウ原紙と鉄筆とローラーとインクが揃っていた。

原紙に彫り込むように鉄筆でしっかり書きつけるのは力の配分が必要だったし、わら半紙にローラーでインクをまんべんなく刷りつけるのも易しくはなかった。書き間違えたり原紙に穴を開けたりすると細かい作業をやり直すことになるので一文字ごとに真剣だった。

このガリ版を半年余り使った頃、父が妹の担任教諭から「配布の教材を作りたい」と聞かされ、学級のお手伝いになるから謄写版を差し上げたらどうだろう、と私に相談してきた。私は折れてガリ版は小学校へ寄付された。校舎を焼かれた敗戦後の学校ではあらゆるものが不足していたのだ。

父が仕事で使っていた頃の航空便箋がまだたくさん残っていた。ヘッドに英語で飾り文字を印した半透明で薄く丈夫な紙は、細かい絵柄をトレースするのにとても重宝した。当時どんな種類の紙も貴重品で、私がもっている紙類を羨ましがる友達には、一枚か二枚をまるでりっぱなプレゼントのように提供した。

紙を探していたとき、父の蛇腹式デスクの引き出しに大判の浮世絵画集を見つけた。ページ毎に薄紙が丁寧に挟まれた立派なものだったが、今になってそれは春画だったと悟る。子供にはただ色鮮やかに美しい画集だった。

◆腰巾着

旧制高等学校や阪大、京大の学生たちから持て囃される六歳上の姉の腰巾着をさせられたおかげで、私は戦後の学制改革の隙間を覗き見た。

終戦を得て海軍兵学校からの凛々しい転校組もいる。夏の純白の軍装に厳しい瞳の写真は、戦争が終わっても憧れる青年像だ。

姉は、奸智狡知にも長けた、時代を跨ぐ個性的美女でゴザイマシタ。

一緒に歩くときの私のひとりゲームは、向こうからくる男性が行き過ぎたあと振り返って姉を見るかの確認だった。振り返るだけでなく立ち止まって、ヒールの足首から伸びる後ろ姿が遠ざかるのを、臆面もなく見つめていたりする。

単独の外出目的を両親や友人達の眼からごまかすためか、姉は必ず私を伴った。中学一年の私は、壁いっぱいに分厚い書籍が数十巻並ぶ大学教授のお宅で貸して頂く、明治大正日本文学全集、世界文学全集（昭和初期出版？）を溺れるように読む。二、三日で次の巻を借りるので、「ほんとに読んでるの？」と出し入れして下さる令息は半信半疑だった。

そのつながりで、ソ連抑留から帰られた京大仏文教授のサークルに参加させてくださった。英語やフランス語が飛び交う大人達の中で、中学生の女の子はうわずってどぎまぎするばかりだが、先生は無視なさらず「将来何になりたいか」と易しい英語で質問される。「ディザイナー」とぶっきら棒に、しかし精一杯答えると、将来性のある仕事だ、と解かる英語で応じてくださった。

――後年、サークルのリーダー役だった方の著作を偶然拝読し、解放された外国語への熱意に沸き立っていた人達を誇らしく思い浮かべた。

姉にくっついてお邪魔していたお宅では、令息が重い蔵書を毎回面倒がらずに出し入れしてくださった。しかし豪華な横長大判の泰西名画画集は〝貸出禁止〟で、姉達が談笑している時間に、大きなベッドのあるお部屋の片隅で丁寧にページをめくっていた。

旧約新約聖書も物語のように魅了されて読んだ。西洋の文学、芸術、音楽の多くのテーマは聖書なしには生まれなかったこと、ギリシャ、ローマ神話も知らなければその美術文化の裏で永遠に生きているものに気付けないことを知る。西欧世界の拡がりと深さ、つながり合うものに惹きつけられる時間だった。学校で学べることの限度を意識するきっかけになった気がする。

同じように数多く所有されていたクラシックの名盤レコードはとても大事に扱われていて、針は金属ではなく竹の針の先を更に細く削って盤の上に慎重に置かれ、私たちは息をひそめて聴き入った。交響曲、協奏曲、器楽曲、オペラの抜粋、終戦間もないあの時期に本物の一端に触れさせてもらえたのも、腰巾着への無形のご褒美だろう。

その蓄音機はまた若者の社交ダンスの場面でも活躍し、中学セーラー服の私もその数に加えられ、背丈の違う彼らと組んで教えてもらった。

体が近いと海藻の匂いがした。

◆黒サテンのドレス

灯火管制で引き回されていた黒サテンの厚いカーテンが不要になり、姉がそれをドレスにすると言って母を呆れさせたのもそのころだ。小さいときから私たちの服は仕立てに出されていたから、お裁縫もほとんどしない姉がいきなりドレスを作ると聞いて、誰もが危ぶんだ。

そのとき想像もできなかった惨事が起きた。

姉の悲鳴。シンガーミシンの太い針が姉の右手親指の爪を刺し抜いて止まっている。悲鳴のなか母は気丈に迅速に処置をした。現場をひと目見た私は恐怖で逃げ出し、姉の苦痛を体感して汗がにじむ。

私は人形作りでミシンを使う。どんなふうにしてあんな恐ろしいことが起こるのだろう。厚いサテン地には針の運動に勢いが要ったのか。動悸が止まらない。

姉はミシンの威力と執念で遂に黒いサテンのドレスを仕上げた。

しかし背明きの始末が分からず、形になったドレスを出かける直前身に着けると、母に針と糸で背中を縫い合わせてもらった。母は、「まるで舞台衣装！」と嘆きながら、「脱いだ、と言いなさい」と、ゲンをかつぐ。

カーテンでドレスを作る『風と共に去りぬ』のスカーレットの技は、私が高校一年のとき日本公開の映画に合わせて出た翻訳本を読んで知った。

それよりずっと早い時期に「風と……」を知らない姉が作った〝カーテンドレス〟は全く独自の着想だったことになる。

学徒動員や規制だらけの閉ざされた時代にどのようにレッスンを続けてこられたのか、と驚いたピアノ演奏を、中之島公会堂で聴いた。姉たちのグループのひとりだった方で、キャンプやハイキングでもご一緒する阪大工学部の学生だった。ショパンの〝革命〟を前のめりで弾く長身から、込められた想いが響き渡る。

姉が招かれていた旧制大阪高等学校「大校」の寮祭に付いて行った。

砂埃の舞う校庭で、顔見知りの学生たちが激情のカルメンとホセを演じた終焉……妖艶なカルメンの衝撃の姿態には、熱中していた「宝塚」にも増して幻惑された。

疎開までによく観た歌舞伎の女形よりも、ずっとしなやかで妖しく美しい「女性」が、普段は下駄に破帽、定番の擦り切れ手ぬぐいを腰に下げて、「シュベ（schwester 姉）居る？」と大声で窓の私に向かって問う学生だ。

メッチェン、フラウ、ムッター、シェーン、リーベ、ハイラーテン、ヘルツシュメルツ、ゲル、エッセン、グート、ダンケ、ビッテ、ヤー、ナイン、ニヒト、アウフ・ヴィーダーゼーン……学徒動員から学業に戻った彼らは歓喜と青春を隠せない。日本語の中に混ぜた彼らの小さなドイツ語を私はいくらでも思い出せる。戦後何年かして蔓延した片言英語より、個々に溢れる青春がこもっている。

十三歳前後だった私は黙って傍に居ただけだが、彼らの会話は文脈から十分に理解していた。話の内容を私に知られるはずはないと油断して、青年たちは男同士の吐露を遠慮しなかった。姉もまた、「物言わずの子供」の私に悟られるものは何もないと安心して連れ歩いていたのだろう。

しかし、激しい現場にも私は居合わせることになった。

山のなか秋の初め、私は姉が付き合っている彼と一緒に立っていた。彼から貰った青いミカンを手にした私の足元で、赤いトカゲが落ち葉の隙間を走った。

少し離れて彼の親友と姉が木漏れ日のなかに立っている。

友に代わって熾烈な言葉で姉を罵倒し改心を促す青年。

平然と聞き流してたじろがない姉。

林の静寂の中、姉への侮辱の極限が私を穿《うが》つ。

「こんなところを見せて申し訳ない」と蒼白の彼は目を逸らして私の腕を掴み、私は手に握りしめたミカンの青さを見つめていた。

彼の誠実な人柄を慕っていた私は、私自身が裏切ったような哀しみにひしがれながら、親友の言動を止め得ない人の心の荒廃を感じた。胸を灼かれる惨めさにその人も私も耐えたが、十三歳は不実不純の疎ましさを心の奥底に刻み込んだ。

◆浮沈

「闇米屋」と呼ばれるきれいで上品な中年婦人がときどきやってきた。

玄関の畳に広げた風呂敷の上に枡とお米の袋を置く。左手の親指を枡の隅に入れて米を注ぎ、右手に持つ棒で表面を滑らせ一升二升、と、素早く米櫃に移す。親指を深く差し込んでお米を計るので、正確さに私は不審をもったが、上品な物腰、美しい着物姿に疑いはそぐわないから、その人が来ると私は母の横に座って不思議な手さばきを見ずにはいられない。

しかし紛らわしい動作はいつも同じだった。もちろん母も私もお互いの間でそのことを口に出したことはない。

みんな、特に豊かな暮らしをしてきた人達は、様変わりする日々にひそかに苦しみながら、何とか乗り越えなければならない時代だったのだ。

一方、庭に丘と池を抱える広大な屋敷を買い取った闇成金の家族とも知り合った。そこに住むには不似合な相貌、無作法な一家は、娘を一流女学校に押し込む。しかし結局学力の無い彼女は退学になった。見慣れない人がはびこる気配は心もとない。

我が家のタケノコ生活は戦後数年間に急速に進行し、やがては子供たちも認識する状況になる。

書籍類は男衆が運び出すのを見た。家の中からいろんなものが消えた。私はある時期から、そうなるだろう、と予想していた。

姿を消したピアノ、オルガン、そしてお雛さま、端午の飾り、大きな蓄音機、お正月用の什器、装飾品。

一隻ずつガラスケースに入っていた日本戦艦の精密な模型は、航空母艦の甲板に小ちゃな飛行機がずらりと並び、大砲を抱える軍艦、突き出た潜望鏡と丸みのある細長い形の潜水艦など十隻近くあったように思う。それらをどんなふうに運び出したのか。きっと子供たちの登校中だろう。


床の間の地味な色合いの掛け軸類には興味がなかったが、季節や行事ごとに換えられる違い棚の伊豆蔵人形は大好きだった。私は十体余りを箱から出して卓球台の上に並べたことがある。冷たい緑色の卓球台の上に、ふくよかに白く艶やかに勢ぞろいして、衣装や仕草に季節の歓びを現していたお人形たち……もう居ない。

母の箪笥の袋戸棚に並んでいたガラス（クリスタル製？）の香水瓶が、すっかりなくなっていることに或る日気付いた。

香水はおろか化粧水も口紅も付けない母だから、私が大きくなったら貰うつもりでいた。中身の香水より、長いドレスの女性、馬車に坐る婦人、お城、宝箱、など透明半透明の美しい細工と、どこかに付いている蓋の工夫をときどき調べて狙っていた。すべて父の土産。

上海、北京で集められた繊細な象牙細工の数々は当時のシナの風俗を克明に写していて見飽きなかったが、いつの間にか跡形もない。

どこへやったのかどうして無くなったのかなど誰も訊ねず、さびれゆく暮らしに暗黙の納得があった。

ピアノがなくなってから、私は紙を長く継ぎ足して、白鍵、黒鍵をまったく同じサイズに書き入れた「紙ピアノ」を作り、その鍵盤上で指の運びと譜面読み、足先に枕を置いてペダルを踏む練習をした。

そして週に何度かソナチネやソナタの曲想を確かめるために学校の講堂にあるピアノを使わせてもらった。新しく師事した先生のご自宅に通っていたから、先生は我が家にピアノがないことをご存知ないままだった。

あるべき家具調度を欠く暮らしになっていたが、大きな御仏壇が消えたときはさすがに、ぎょっとした。

しかし、母は泰然として「お坊さんに拝んでもろうて初めて『お仏壇』になりますぅ。けど〜、元々はただの贅沢な箱どす。そんなもん無うても困らしません。好きな箱にお位牌納めて拝んだらよろしおす」。

明治の母の淡々とした現実主義に、私は吹っ切れた。

しばらく前は、箪笥の引き出しを開けたままぼんやり座っていて、私が訊ねると、「言うてみてもせんないこと」と、顔を背けて長いため息をついた母だったのに。

昼間も猫一匹通らない通りと言われていた静かな町。外で子供達が遊ばない町。よそ者を疎外する町。焼け残った町。幼い頃は向こうに渡るのに途方にくれるほど大きく見えていた通り。

戦後、純洋館は進駐軍に接収され、純和風のお屋敷は料亭や旅館に変わった。そしてそのまた長い年月ののちに敷地は次々切り売りされ、家並みは大規模マンションに建て替えられて面影は失われ、雑然とした町になった。

最も胸が詰まったのは、戦後三十数年を経て偶然、或るお屋敷跡に立ったときだ。門柱は昔のままに、そこから中へ二筋の細い道が敷かれ、その両側に小さい二階建てが肩を寄せ合ってぎっしり四十軒ほども立ち並んでいた。残っている立派な門柱と内側の様子の落差に異様な感じがする。

戦後まだ間もない頃、父の使いでそのお屋敷に伺ったことがある。門に迎えに出た女中さんについてお玄関まで、疎林に木の葉が舞う径を歩いた。

その二、三年後、配給の小麦粉をコッペパンに加工してくれる屋台のパン屋が通りにやって来ることがあった。私がお志津さんとその列に並ぼうとしたとき、あのお屋敷の十代初めのお嬢さん二人が籠を手にしてすぐ前に立っているのに気がついた……もう使用人を置いていらっしゃらないんだ……他家のことながら淋しい思いがした。

今でも街で、あの時と同じパンの匂いに出会うと行列の場面に思いが戻ってしまうのは、わびしい配給の小麦粉と、優雅で美しかったご家族が失われた全てが胸をよぎるせいだろう。

この変容した屋敷跡に迷い込んだとき、悲しさと寂しさと憤りで混乱した。すっかり雰囲気を変えた町。感傷を寄せ付けない町を記憶に残せるか。

後年、英語の詩集で読んだ一節が繰り返し口に出る。

All, all are gone,
The old familiar faces.

生活の支えとなって消えた物質物体、継げなかった家庭の伝統文化、彼岸に去った祖母、恩師、両親、親友、きょうだい、夫……。

その度にこの一節を繰り返す。みんないつか別れる。必ず別れていく。

そして私の大切な想い出も、いつか私から別れていくのだろう。

（完）

おわりに

両親は素養を重んじた。

或る時期まで、多様なお稽古事と豊かな環境で授かったものは、私の「器用貧乏」の栄養になっただけで何事にも大成しない人生だが、年老いてなお、国の内外で新しい機会に出会う度に、怖じないで済む有難さを知る。

強い疑問を感じたときは真摯な対応を求める世間知らずだが、心ある人は必ず厚意をもって応えてくれることからも、私は人生を信じている。

群れない、媚びない、無意味なお喋りや意に反する場を避ける生き方は、要領知らずの不器用なままではある。しかし他国の人でも同質を認め惹かれ合うとき、深く厚い交流が年月を問わず続く喜びがある。

傘寿をこえて眠るまえ乱れる思いはあっても、枝分かれする途を自分の意思で選び歩んで来られたのは、幸運と、状況から逃げない気概に助けられたのだろうか。

ただ、輪廻があるならその時はこうしたい、と考えてみるのは楽しい。

子供のころ母に「あまのじゃく」と呼ばれた性格が、その後は、横文字のマイペース、マイウエイ、と囁かれるようだ。

心に灯ったり消えたりする小さな灯を追いながら書いていると、すでに逝ってしまった数十年来の大切な友人三人と共有したかったあれこれにも気付く。

紙の上で、少女の記憶と老境の感慨が触れ合う。

「助けてほしい」と甘えられる、「手助けしたい」と願い合える数少ない友に、深く感謝している。しかし、更に厳しい状況があるとすれば……？

憧れとささやかな探求を楽しむ技が残っていれば、心は支えられるものだろうか。

二〇一八年

寺山てるこ

少女の記

―戦争を挟んだ
家庭文化の記憶―

2020年2月10日　初版第1刷発行

著　　者　寺山てるこ
発 行 者　中 田 典 昭
発 行 所　東京図書出版
発行発売　株式会社 リフレ出版
〒113-0021　東京都文京区本駒込 3-10-4
電話 (03)3823-9171　FAX 0120-41-8080
印　　刷　株式会社 ブレイン

ISBN978-4-86641-309-9 C0095
Printed in Japan 2020

ご意見、ご感想をお寄せ下さい。

［宛先］〒113-0021　東京都文京区本駒込 3-10-4
東京図書出版